你是雨水洗净了我俩的记忆

潘政祥 著

百花洲文艺出版社
BAIHUAZHOU LITERATURE AND ART PRESS

图书在版编目（CIP）数据

你是用水，洗净了我俩的记忆 / 潘政祥著 . -- 南昌：百花洲文艺出版社，2019.3
ISBN 978-7-5500-3045-9

Ⅰ . ①你… Ⅱ . ①潘… Ⅲ . ①诗集–中国–当代 Ⅳ . ① I227

中国版本图书馆 CIP 数据核字 (2019) 第 035392 号

你是用水，洗净了我俩的记忆

潘政祥　著

出 版 人　姚雪雪
责任编辑　郝玮刚　蔡央扬
封面设计　当代出书网
版式设计　银川当代文学艺术中心图书编著中心
出版发行　百花洲文艺出版社
地　　址　南昌市红谷滩新区世贸路 898 号博能中心 A 座 20 楼
邮　　编　330038
经　　销　全国新华书店
印　　刷　宁夏润丰源印业有限公司
开　　本　880mm × 1230 mm　1/32　印张　9.5
字　　数　210 千字
版　　次　2019 年 5 月第 1 版第 1 次印刷
书　　号　ISBN 978-7-5500-3045-9
定　　价　36.00 元

赣版权登字：05-2019-51

网址　http://www.bhzwy.com

目　录

第一辑

第二辑

第三辑

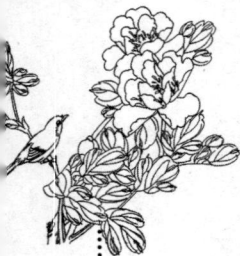

第四辑

第五辑

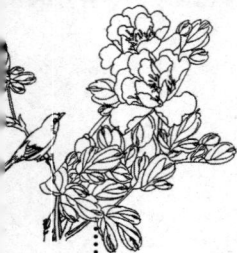

第六辑

第七辑

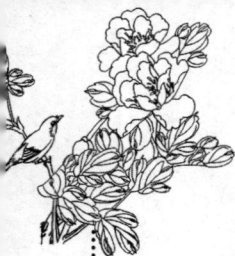

第八辑

第九辑

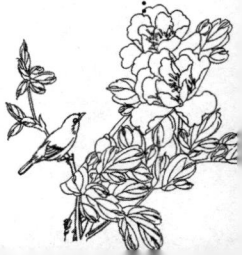

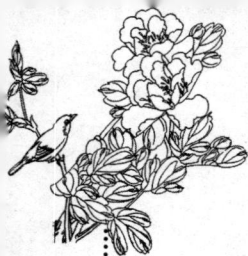

第十辑

第十一辑

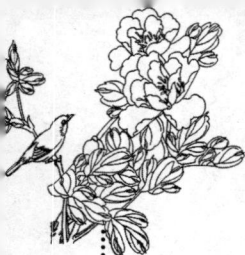

第一辑

你是用水

洗净了我俩的记忆

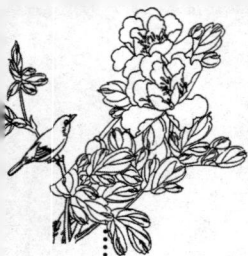

众 生 相

城市不允许有炊烟
柴火生前也被请到了陵园
超市门口的行囊
互相推搡
又相互打着违心的招呼
街道两旁的树木
可能来自不同的国度
可鸟儿一样会来
在新盖起的新房子里
恋爱
结婚
生子

相

有的富态
有的猥琐
有的和善
有的冷酷
有的很土匪
有的很菩萨
我摸着自己的脸
走近镜子
发现头发又白了许多

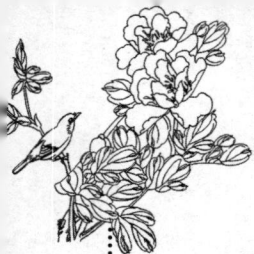

我摸到天的时候

我摸到天的时候
天已经黑了
所以
你没看见
连我自己也没看见
但我的确是摸着了
空空的天

风偷袭了我的村庄

风偷袭了村口的树林
继而进入我的村庄
摸黑来到墙根
与我相见
我们相互抚摩
我们相互凝望
希望能找到世上
所有温情到暧昧的语言
问候对方

一朵三月的小花
打开一扇小窗
溅出几朵光

我系好鞋带
蚂蚁帮风把缆索咬断
我们相拥着往春天的子宫
躲
闪

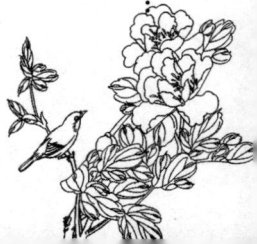

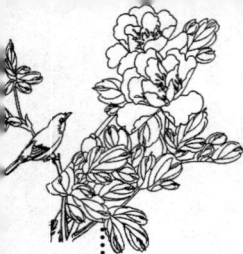

圆的事物

圆的是满月
圆的是秋天的果实
圆的是成熟的乳房
圆的是谎言
圆的是爱情的婚床
圆的是回家的欲望
我在家乡的土地上
找到一个圆的小山丘
我清除了杂草灌木
看见了父亲的家

如　　果

如果野草
无意中把道路铺满
我一定是赤着双脚的
野草和太阳
一起倒伏
野草与太阳
一样柔软
但亲爱的
我今天肯定不去远方
我还要回家去
归还行囊中装着的
一首小诗
以及小诗中的
三千里桃花
还有半个世纪的月亮

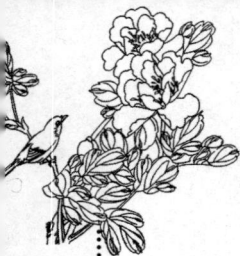

在　三　月

在三月，我们还来不及商量
但知道春天在这几天
就会回来
迫不及待的人
爬上了枝头眺望
我是已经上不了树的人
只有在树下默不做声
而你找到了春天的入口
忍不住想大声呼喊
我想
你最好能把自己
喊成枝头的一朵花

探 与 探

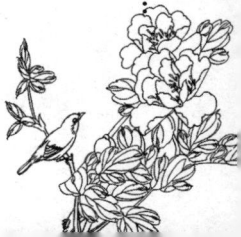

别以为探出墙外的
只有红杏
一定是红杏
院子里那去年刚种下的桃树
现在正大光明地
探身到隔壁的院子
它只是想看看
从山里一起下山的姐妹们
是否也已将这个春天怀上

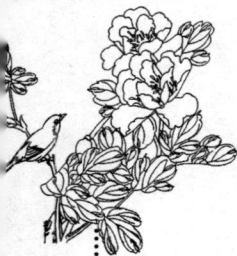

码头上的号子

荒废的码头
笼罩在暗灰的晨雾中
错过行程的鸟
沮丧地拾起零碎的
成不了调的号子
喊给尚在梦里的人的枕边的
一本《周公解梦》听

小　胡　同

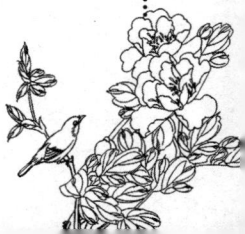

走进年久失修的小胡同
门窗和墙上的泥土
也都已风雨飘摇
唯有青答欣欣向荣
我微闭双眼
仿佛看见爷爷在月光下
一块一块把自己砌进了墙
继而一声轻轻的咳嗽
唤出奶奶
用眼睛举起的火把

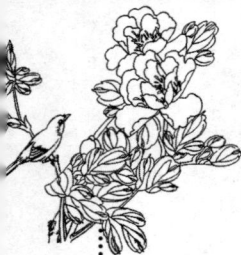

我相信

浓雾飘过来的时候
首先看见一双
躲在长睫毛下避雨的眼睛
而落在后面的那双
尺码不同的鞋子是我的
然而眼睛也是我的
它只不过比鞋子
少走了点路而已

我相信那只掉队的蚂蚁
最终能找到家的

就像我相信
我的鞋子
最终一定会追上我的躯体
一起洗个热水澡

幸福的生活

总有人因爱上孤独
然后去幸福
总有人因为有了幸福
然后去孤独

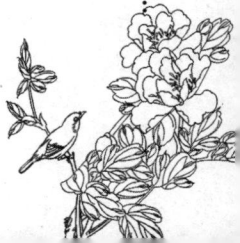

我坚信命运
我又坚信轮回
我更坚信自己会爱上
人间的泉水
天空的云朵
就像某年某月某日
我爱上你
有人也会爱上我

我手握一把你踩过的沙
顺利穿过一条无人的街道
然后我就很幸福
然后我就会
过上幸福的生活

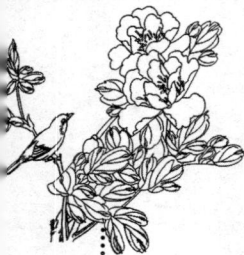

忠诚与尊重

对着老屋喊了半天
就出来一条老态龙钟的狗
和被狗的尾巴
摇起的一阵阵令人作呕的空气
我蹲下身体
避免它的仰视

佛　　像

你笑着
你不吝地笑着
你不吝地笑着笑着
就成了一块石头
或一截树木
但依然笑着

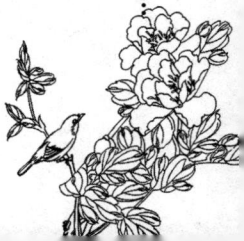

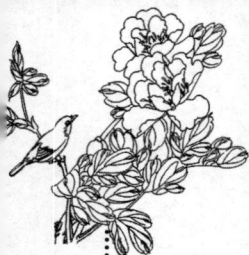

我 祈 祷

我为一颗颗流星祈祷
我为失去氧气和鸟鸣的森林祈祷
我为一列冲进隧道的火车祈祷
我为海边一只孤独的白色的
鞋子的主人祈祷
我为在南方灌木丛林的雪地上
留下一行迷茫脚印的
梅花鹿祈祷
我为所有在我黄昏的眼里
一晃而过的人祈祷
一晃而过的人们啊
缘何如此匆忙离去
太阳拥着大海在向我们靠近
它认识你
也认识我
难以释怀的爱情

清　明

不得不暂时告别
可爱的人间
时间不会很长
也许就一会
我要去妈妈住的地方
为她修缮一下房子
再和她说一会话

请有事找我的人
稍等我一会

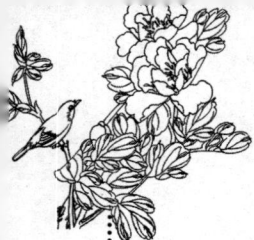

取　暖

土屋蹲在雪地上
烟囱蹲在土屋顶
麻雀蹲在烟囱上
雪还在下
冷得麻雀直哆嗦
它一定是只年老的麻雀
竟然忘记这烟囱
已经多年没有冒炊烟了
这土屋也已经多年没有人住了

回乡偶书

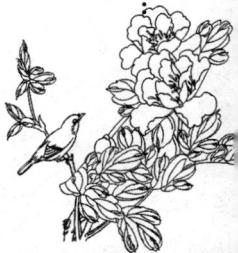

我对一条荒废的小路
喊了一声
我对一口裸露隐私的枯井
喊了一声
我又对只剩下骨骼的老屋
喊了一声
我将一支烟塞回烟盒
点起另一支
我听到了
柴火与锅里粥的欢快歌声

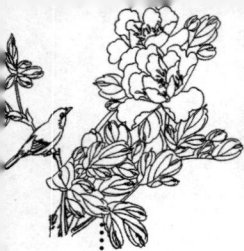

假的春天

突然发现这个春天是假的
翻山越岭的油菜花是假的
这个春天里的你和我是假的
你我所有的情谊也是假的
只有从你的裙上探出脑袋来的
碎花是真的

这裙子的颜色真好看

我爱你……们

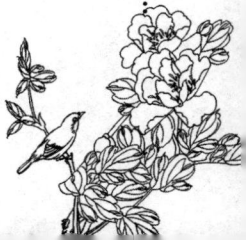

你要走了
我们赶在太阳落山前
一起到村口送你
你回过头深刻地望着我
说“我爱你……”
这时，一阵风吹来
偷偷为我拿走一个字

鱼的记忆

我是第一个看见水
漫过你膝盖的人
你撩起裙子
远远看去
你就是跪在水面上
聪明的鱼
知道如何找到进入的缺口
知道如何游进你的身体
吃掉你的皮肤
吃掉你的骨头
然后若无其事地扬长而去
我是在下游找到那条鱼的
等把鱼送到你面前时
你已经向大海的出口
迅速游去

你是用水
洗净了我俩的记忆

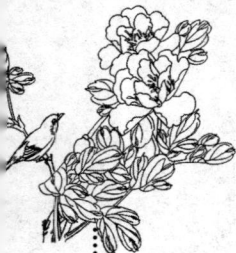

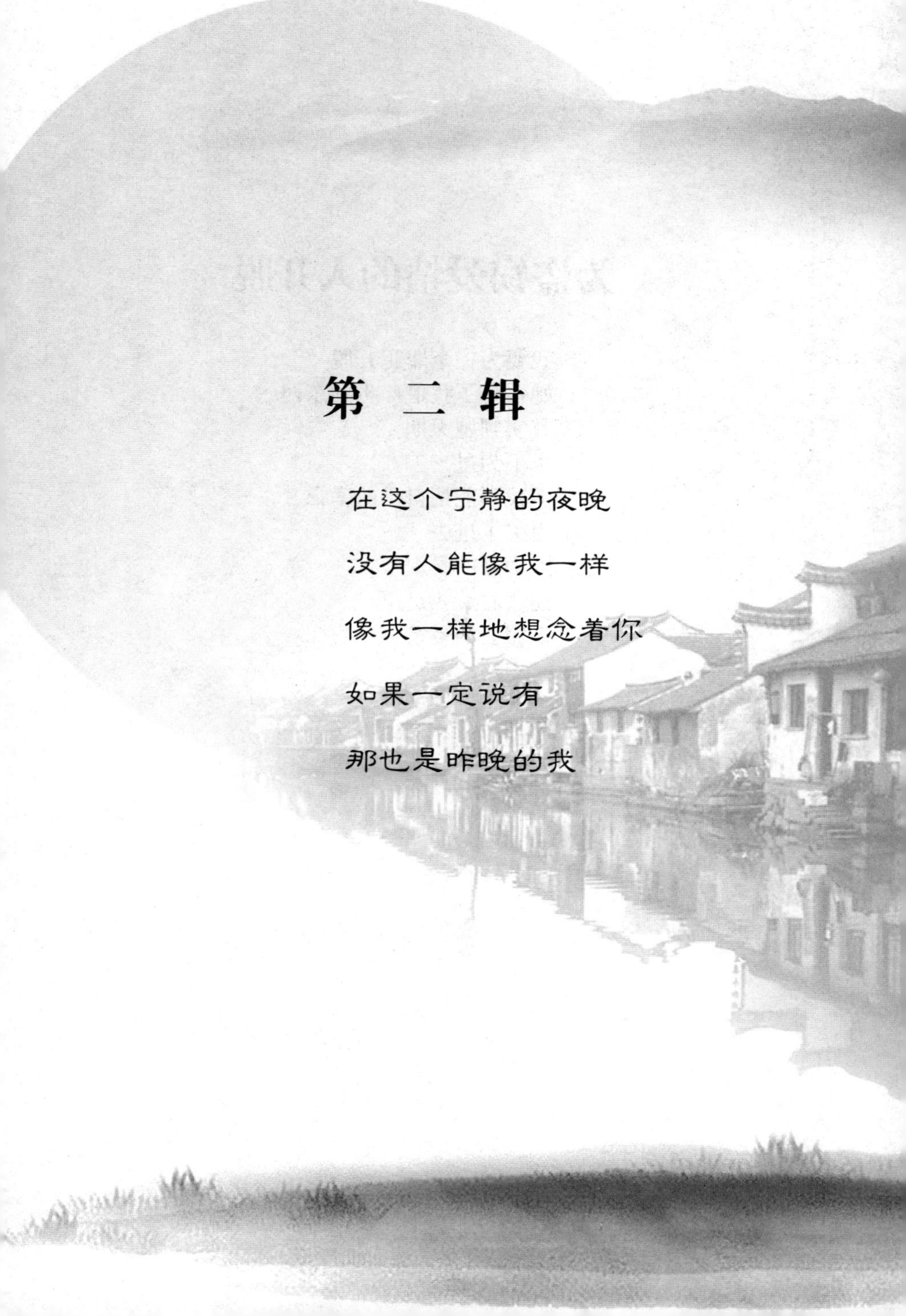

第 二 辑

在这个宁静的夜晚

没有人能像我一样

像我一样地想念着你

如果一定说有

那也是昨晚的我

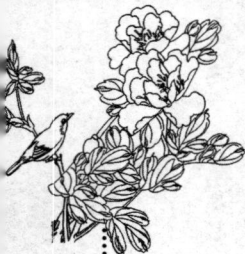

为盗窃爱情的人开脱

我要为一个罪犯开脱
她盗窃了我最珍贵的东西
其实判她无期
也不为过
但我不能把自己的幸福
也关了进去
因为她的身上
还藏着从我这里
盗窃去的爱情

雨滴和太阳

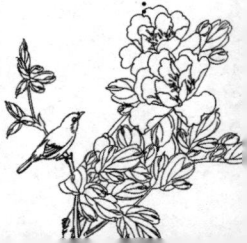

最后一滴雨是你捡回来的
在你捡回最后一滴雨之前
我捡回了最后一滴太阳
现在，我俩让雨滴与太阳
共处一室
眼巴巴看着太阳烤干雨滴
雨滴又将太阳浇熄
而后呢
天黑了下来
我听见一群雨滴
从你心脏流出

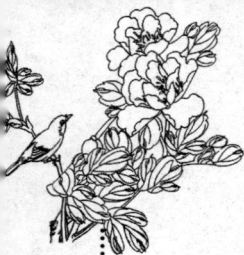

春　夜

你从路边公园拿走了
一些春天的模样
三片桃花
一株幽兰
然后原路返回
左手的臂弯挂着件
刚刚从衣柜里找到的衬衫
对着一群越来越近的人影
吹起口哨
装作第一次来到这个地方

我的真实年龄

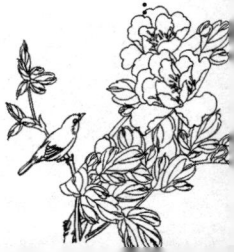

午夜
我想起一百年前自己的事
那时，我的真实年龄
应该是我现在的年龄减去一百
接着，我又想起一百年后的
自己的事。那时
我的真实年龄应该是
现在的年龄加上一百
想着想着就睡着了
早晨醒来
我发现一百年前的自己
就睡在我的左边
一百年后的自己
就睡在自己的右边
现在的自己
被尿憋得满脸通红

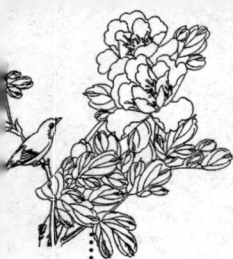

你只需做的

一本崭新的经卷
必须先藏在怀里
然后你才能抬头
与庄严的太阳对视
你就会清晰地看见
菩萨或缓缓地向你走来
或缓缓地离你而去
此时，你还须找到一片
足够供你打坐的草地
然后背靠大树面对西方
你只需掏出经卷
然后长出树叶般茂密的耳朵
风的手就会为你翻开
树上的鸟儿
就会把经卷的内容
一字不差地念出来
包括那个不知道是不是印错的
你根本就不能从字典里
查到的字

你从月光上行走

谁知道那水与这水
是否会有距离
谁知道我与那水
有多么遥远
与这水又有多么近

我解开太阳的枷锁
用盛出水的形状的旧木勺
舀来一阵风
看见风也有过一刹那的涟漪

我不只为你留下一窗的风景
在爬满豆角秧的围墙的
临河的拐角处
你知道月光皎白如洗
而走在月光上的你
如未曾有人蹚过的
凝固的水

河面有桨举起
想把月亮摇到远处

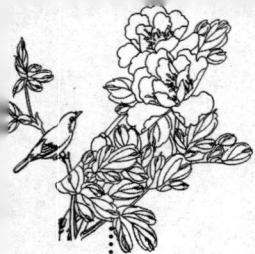

四　月（一）

我和雨一起闯入了
属于你的禁地
请你走到阳光伤心的地方
撑开久已未用的雨伞
因为雨会留下
而我会为沿途的花，选择

继续流浪

四　月（二）

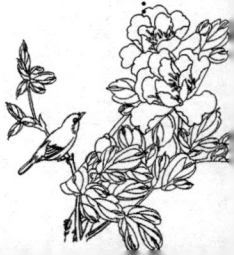

如果选择流浪
就借用这四月的花瓣
将我沿途的脚印覆盖好
不要让自己找到回来的路径
也不要让你发现
我的方向

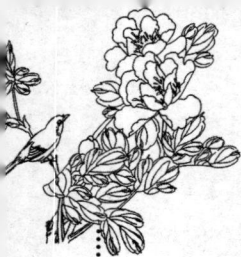

落　幕

我拾起你
一路落下的
断断续续的言语
拼凑出一列死去的绿皮火车
一座坟墓般的驿站
一截躲在草丛里
只能供蚂蚁通行的
叹息的铁轨

你看见了吗

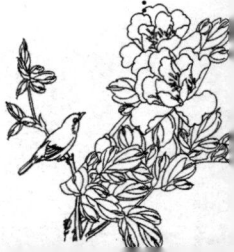

黄昏的阳光
在我的手背上草草收兵
你的眼睛已从
八百里外的草原回来
我如野草般坐在
就离你仅丈远的野草上
你看见了吗

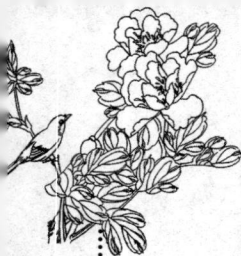

今晚的月亮

今晚的月亮多美
可我只羡慕地望望
望望镜子般的水
望望年轻的土地
望望挂在屋檐下复活的种子
虔诚地望望你
再望望你

今晚的月亮多美
美得让我不敢靠近
美得我想让全世界的人都睡去
这样就可以把
一整个的美
全都给你

狂　风

风扬起树枝
抽打着玻璃窗
玻璃一声声惨叫着
我突然听到门被打开的声音
不知道是你回来
还是风想进来
拿着树枝要抽打我

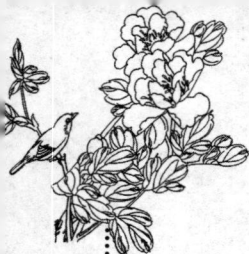

告诉你一件喜事

告诉你一件喜事
2018 年
我还活着
我还帮着风
数数这个春天
叶子究竟绿了几枚

也许我还会活得更久

三 人 行

你竖起第三只耳朵
我睁开一只多余的眼睛
黄昏从天上摔了下来
她伸出第三只手
避免了一些伤感的
声音和风景

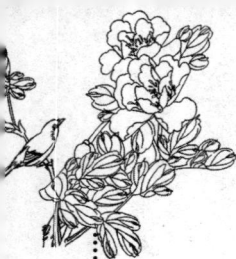

爱情伤口

我用了补丁的老办法
把自己的伤口缝合
再盖上几层纱布
希望避免第二次伤害
可伤口已经感染
痛往里面走去
距离心脏越来越近

一些该重新开始的事情

与太阳互道珍重后
我就从山上下来
可我已经忘了如何睡觉
睡觉的姿势，以及
睡觉时我的脑袋该放在哪里
甚至找不到床是放在什么地方
于是，我决定
先放下猎枪与酒
先放下爱恨与情仇
重新开始一些
该重新开始的事情。但现在

我必须重新铺好
一张单人床

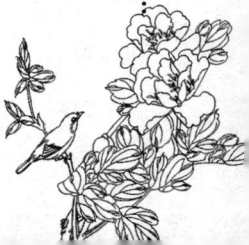

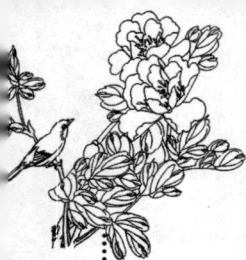

春天的颜色

你知道这绚丽的颜色
都是暂时借来的
时间不会太久
很快就要归还的
也许你会嫌弃红的太艳
白的太素
你要抓紧先按下快门
再慢慢修饰
至于那因好奇
而误入镜头的小草
你是不必修改的

眼睛所到之处

眼睛所到之处
灰尘便无处躲闪

月亮看似温情脉脉
该到初恋年龄的太阳
曾经也来过你我的故乡

最终，爱情连影子都看不到
灰尘被灰尘层层地埋葬

那我们无须保留什么了
每天就从脚开始
让脚与一丛丛荆棘去相抗

蹚过水
鱼的心里会有证据
而我已不再惊慌失措的眼里
是卑微的岸。也许

还有一叶找不到船的桨

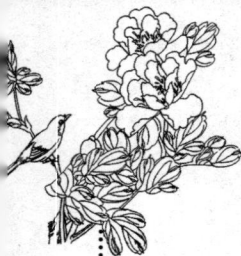

我是个似是而非的人

本来是就是是
本来非就是非
而我生来就是个似是而非的人
看着缩小的可以忽略不计的
上山或赶海去的人
看着沾上草的颜色
去河边拣星星的人
我若即若离地去接近天
我又心有不甘地去避开水流的声音
是我自己放弃高大的机会
自愿似是而非
自愿在半空中睡一个
面目并不清透的人
就这样年复一年
写信给地上的你
又写信给天上的她
有时候把自己也折进信笺里
不知该寄给谁

臆

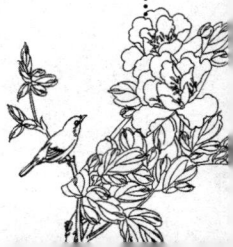

我与一个崇尚唯肥是美时代的人
谈恋爱
说着绕口的之乎者也
我与一个上世纪俄罗斯的贵族
谈恋爱
说着顺口的外国语
此刻，我挑了本堆满灰尘的书
回到床上
一只横卧的枕头
像木乃伊一样冰冷

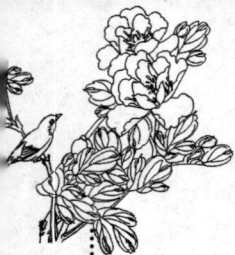

土地的信念

土地的信念
是因为有我的存在
它正悄悄摸出火种
等待我的骨头
它还会悄悄地摸出种子
等待我的骨灰

我的昨晚

在这宁静的夜晚
没有人能像我一样
像我一样想着你
如果一定说有
那也是昨晚的我

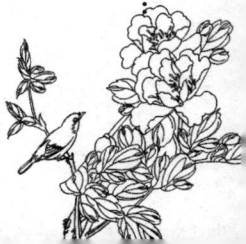

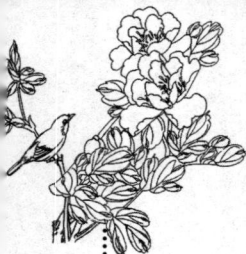

事情是可以这样解决的

山那边是不是海
如果一定要知道
就跟我上山吧
何必为此
而把脑袋想痛

第 三 辑

你还会看见

三色堇依然开了三朵

黄色，紫色，白色

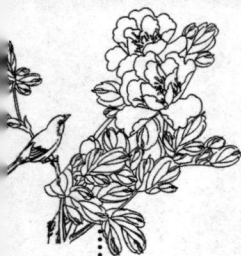

这个春天真够虚伪的

这个美丽的春天
真够虚伪的
尽量拣好听的
给你听
又尽量拣好看的
给我看
记得去年冬天
那个下雪的夜晚
听到路灯下的一些情话
话里的爱情真的很美丽
也很虚伪

说话得要有根据

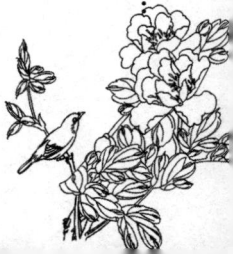

说话得要有根据
就像今天早晨
我亲眼看见
一粒灰尘升起
朝着太阳的方向
而到了傍晚
我又亲眼看到
那粒灰尘落下
也是朝着太阳的方向

此　时

最先燃烧起来的是我
最先醒来的是
昨晚剩下来的酒

此时，我扶着一堵
摇摇晃晃水做的墙
可我还在梦里
此时似乎离我还很远很远

我们就是全世界

如果与晨露一起降落
我们心中就都能安放
一枚倒挂的太阳

那时，我们就是全世界
而全世界只是一粒
迷失方向的尘埃

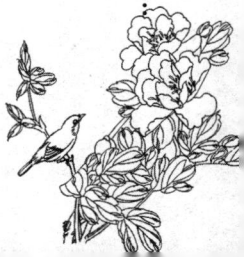

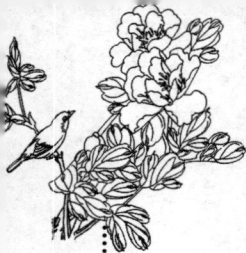

冬天的乌鸦

乌鸦的双脚很贫穷
此时，它用贫穷的双脚
紧紧抓着比双脚还贫穷的树枝
绝望地看着空荡荡的夜
看着夜里一个死去的乡下人
乡下人也很贫穷
贫穷得连为自己哭的人都没有
善良的乌鸦啊
帮着乡下人狠狠地
哭了几声

一谈及爱情

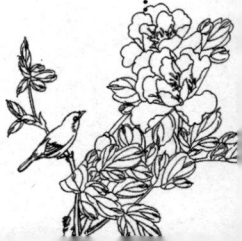

只要一谈到女人
一谈起爱情
他们就含蓄地笑了
笑得很暧昧
感觉又似乎是漫不经心
其实，他们早已灵魂出窍
并臆想出一个爱情来

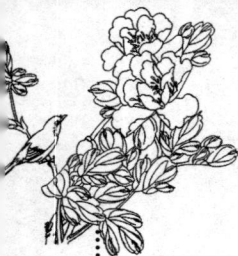

心 囚

门打不开了
锁生了锈
所幸还在的钥匙
也已断成两半
我从门缝看见外面
飞舞的尘埃
还看清一张用尘埃堆积起来的
微笑的脸
果然没错
你知道我就在这里
你是想告诉我什么吗
可为何一张嘴
喊的却是别人的

名字

我和天一起暗了下来

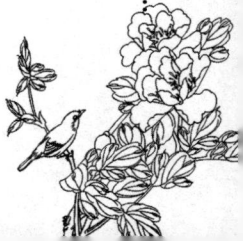

我的心暗下来的时候
天空也开始黑了下来
这黑暗是从地面
一寸一寸往上而去的
一开始就想方设法去接近
接近那个羞答答的月亮
乌鸦望着比自己更黑的深渊
心惊胆战地把脚伸出巢穴
想试探这黑暗可怕的高度
而小河里的鱼儿
却还欢快地跑来跑去
把星星一盏一盏
拧亮

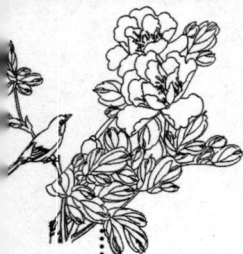

躲在云层里的月亮

你躲是躲不过的
只要有酒
只要有喝酒的人
只要有故乡
总有人会一层层地揭开
你的伪装
甚至可以想象你的样子
不管像与不像
再画一个

我将努力成长

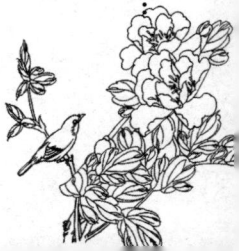

谖着草的根须
终于来到了地面
我再也找不到停滞的借口
因为我已经是一粒
再也不能等待的
沧桑的种子
我将发出茁壮的绿芽
我将努力成长
我还将迁徙
我要原谅自己的懦弱
还要原谅土地的宽阔
我要天空降下甘露
结识更多的朋友
也要结许多和草一样的籽
努力开出美丽的花朵
就是为了
等待你的经过

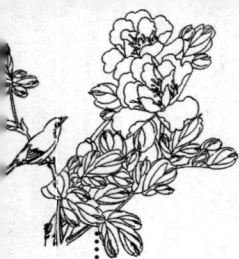

用我的颜色证明春天

在我拨开
悸动的草丛的时候
一只蜜蜂蜇了我
我护着渐已红肿的手
突然发觉
我体内这透明的颜色
与周边桃树上开始喧闹的花苞
非常相似

也非常般配

你说的春天的故事

我挨着树坐下
你坐下，紧挨着我

你一开口，桃花就开了
一群蜜蜂起早远道而来，还有

两只蝴蝶，也上了岸

你一开口，我就感到自己

已经坐在春天之上

我回头看着你
你的眼里有我，也有

树上发出的新芽

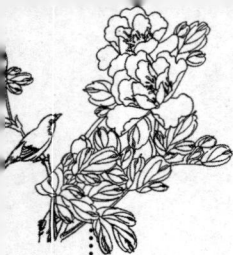

麻　雀

毫无防备的麻雀
误入禁地
它不知道人类撒了美食
还设下了陷阱
现在，在小小的竹笼里
一切危机都已解除
可面对唾手可得的美味
它竟然毫无食欲
它是不想把自己
养得太肥

纪　念

有人喜欢种植春天
有人喜欢捕获秋天
有人喜欢伪装成冬天的颜色
说着床笫的私语
闯入春闱
而我喜欢追随生与死的逆光
揭露自己
在无风也无雨的泥泞中
你会看见黑色的土地
与一个个如受伤般
隆起的小山丘
镶嵌在土地的皮肤之上

你还会看见
三色堇依然开了三朵
黄色，紫色，白色

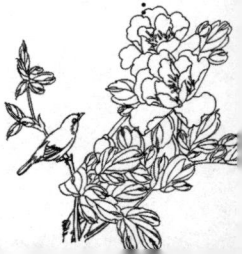

画

我坐在黑色的水上
岸上的每个人都发着光芒

我想画下一个
正义不缺席的夜晚
再画下一个
无框的不再哭泣的早晨

夜很大
一个窗却很小
只能容下黑暗也不敢走近的
你的微笑

鞋子的一生

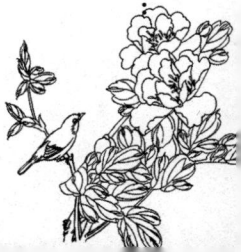

一双欣赏了桃花的鞋子
被丢弃在冬天的
苦雨凄风里
最后
被坟地里飞出的昏鸦
叼了去
它甚至已没有
挣扎一下的勇气

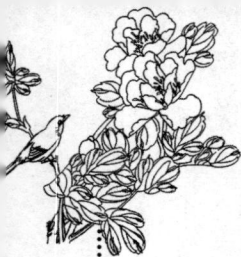

宽 容

水开了很久了
可我还是没有想好该喝点
咖啡还是绿茶
一个漂亮的小姑娘走过来
毕恭毕敬递给我一杯茶
笑容灿烂地说
先生，这是您点的乡雨茶
请慢用
我慌张接过来。连声说
谢谢，谢谢
其实，我知道这茶
是隔壁的客人点的

砍 树 人

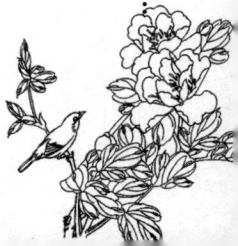

你放倒山顶最后一棵树
山就变得又丑又矮
现在，你披上夕阳的背影
显得又高又大
而当你在遍体鳞伤的树干上
坐了下来
点起一支烟的时候
想的是
今晚如何才能
把自己扛回家

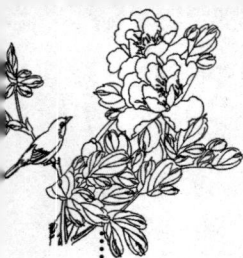

算是遗书吧

吃完这顿饭
会死
不吃这顿饭
也会死
于是
我吃了
可我的死
与这顿饭无关
与那顿饭也无关

希望你给我写墓志铭

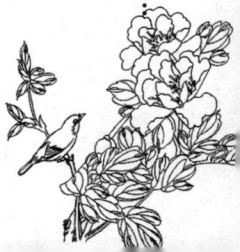

白天之后是什么
黑夜之后是什么
我也许死于白天
也许死于黑夜
我无论如何要感谢你
不管是白天是黑夜
都是你赠予的
一张生硬又丑陋的纸
写着我的简历
而我所需做的
是为你守着
紧挨我的那块地

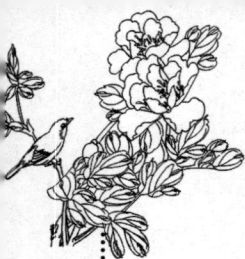

血 性

枯黄的光
从头顶流遍全身
窗外
一片年轻的叶在骚动
我想带着男人的血性
破窗而出
去寻找一片空白
一片空白而荒芜的冲动

天空中
一列满载野兽的火车
被铁轨紧握住轮子
在摇摇晃晃
追赶着月亮

守　望

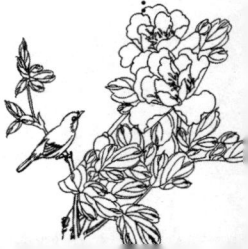

他站在北岸望南岸
她站在南岸望北岸
他们发现了彼此
然后隔江相望
他想与她说说话
又怕被风偷听
她想给他一个笑
又怕被江水冲走
于是，他拣了片宽大的叶
折叠成船
在船舷写上想说的语言
又请来一只蚂蚁
让它当自己的舵手与邮递员
她笑了
银铃般的笑声推着清波
努力把一张俊俏的笑脸
推向北岸

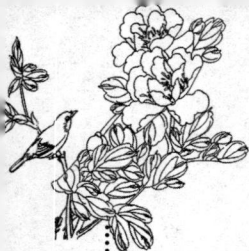

催 眠 曲

黑夜里
我爬出自己失血的躯体
安抚好怕黑的钉子
安抚好受了重伤的镜子
再回头来安抚好镜子外的自己
可树在窗外已泪眼婆娑
哦，是我忘了
我还欠它一首催眠曲

第四辑

雨伞抹去我的天空
伞上面的一切事
与我无关

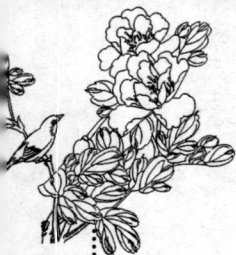

爱 上 了

早上涨上来的那波浪
不是不会回来
而是它根本就没有离开
你看看鞋子与裤脚
就能明白
其实它并没走

爱屋及乌

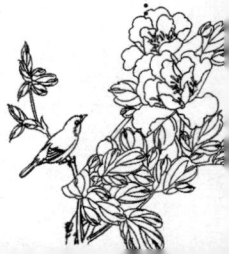

我为一只殉情的朱鹮
拣起最后一滴哀鸣
与最后一根羽毛
然后，为它举办只有一个人的葬礼
月光坐在一片树叶上
从山上滑了下来
我不知道自己的躯体
还能否承受这月光的重量
也不知道自己的目光
还能否揭开那片树叶
底下藏着的秘密

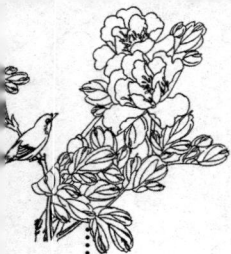

马 路 上

十分钟前
一只横穿马路的怀孕的猫
被飞驰而来的汽车轧死
交警没有出警
也没有围观的更多汽车
一场关乎性命的交通事故
平息在车流中
谁也没有去认定责任

刚刚，汽车轧过一只窨井盖
井盖愤怒了
用铁嘴钢牙狠狠地
咬了车轮一口

紧接着
一阵刺耳的刹车声
紧接着
警笛声响起来

退潮以后

大海在缩小
速度有点惊人
仿佛溃败的士兵一样
我一步步向海中心逼近
并乘机把养了只海豹的鞋
晒在沙滩上
背后
有一个人在收拾还发着高烧的太阳
而你
拎着一纸断了线的风筝
向我飞奔而来
因为你和我同时
第一次看见太阳下裸露的岩礁
也是第一次看见黑暗的胴体

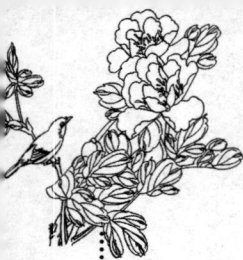

一朵我叫不出名的花

没有一朵花能知道我的心情

此刻，我走在百花园的中心
一路与有说有笑的各种花
打着心照不宣的招呼
只有一朵低垂着沉重的头颅
神情恍惚且忧郁
它见我过来
不可置信地斜乜了我一眼
我想呼唤它
却发现自己
唯独叫不出它的名字

距　离

我是一只望不见你的鱼
可我本来是一只和你一样的飞鸟
我们曾一起栖息
一起飞翔
一起呼吸
就因一次不经意的冷落
我便变成了一只冰冷的鱼
从此
你我再也不会相见
从此
你我也不再有距离

不可以忽视的情感

一株风景树在客厅
很好地活着
一朵喜欢太阳的花在阳台
微微地笑着
它们相互关爱
相互凝睇
而它们内心都十分恐惧
害怕主人有天会打碎玻璃
以至于再也看不见彼此

我的太阳

雨伞抹去我的天空
伞上面的一切事
与我无关

可我与过往的事有关
一些快速离开的影
逐渐模糊的脚印
以及积水里
一面奄奄一息的太阳

有时，我也会被另一顶雨伞
抹去眼睛
而我好像是就酣睡在
太阳的皮肤上

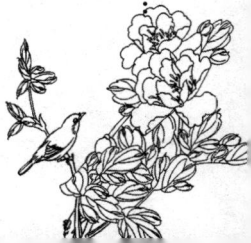

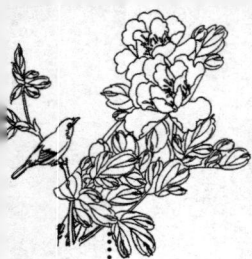

等　待

我闭上眼睛
让灯光把背后点亮
我睁开眼睛
让这一个夜晚
黑得更符合逻辑
我安然地
脱下黑色的衣帽
把它和自己挂在路边一棵摇晃的
折了翅膀的树上
我在默默地等待
等待有偶尔经过的思念
把自己风干

仙 人 掌

你的热情
我不否定
但我绝不会
不会去牵你的手
抱歉
你只是我路过的
一次次的风景
我决不允许
自己与你走得太近

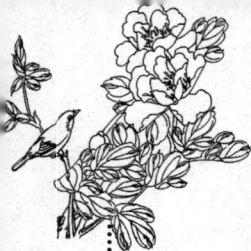

未来的土地

早晨
我让自己活在一滴
苍老的太阳里
请允许
我也可以让自己
孤独地
再活一次
我知道
你活在年轻的
月亮里

请允许
风还会吹起
两片羽毛依然会点点头
对着太阳在月亮里
播下健康的种子
在未来肥沃的土地

平　常

你大可不必
将一件稀松平常的事
描述得过于神秘

太阳落下
仿佛我那天滚下山坡
不过是一时大意

墙上挂着的那个月亮
找到一片空白的海
也是因为不经意

而那个月亮
也不愿与明天的太阳
去攀比

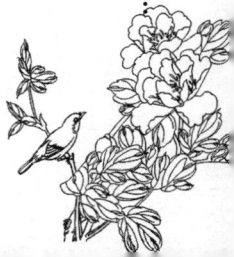

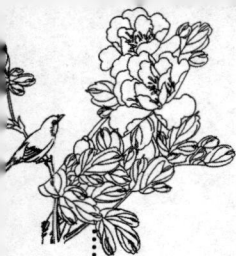

今晚的天空

今晚的天空
无人欣赏
今晚的天空
任凭我想象
今晚我想象的天空
月亮、星星、云
可以全部搬走
今晚的天空
只是一个安上黑布的屋顶

今晚的屋顶
时间在石头上
会开出绚丽的花朵

爱情经过我的时候

请相信
爱情曾经降临
可当它经过我的时候
它只是用梦幻般的眼睛
浏览了我。那时
海水在乱石丛中呻吟
就像昨天的太阳
它已读懂了我
我却读不懂它
等我追到了山坡
月亮已经爬了起来
在另一个山顶
而雨终究是会来的
我索性坐在雨中
把自己淋湿成一滴
黑色的雨
但请你相信
爱情也一定曾降临

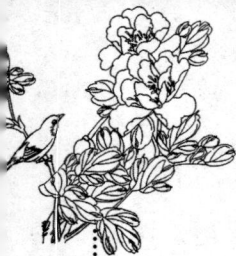

位　置

我望着天空
天空也望着我

一双鞋轻松地
越跑越快
越跑越远
那是我扔出窗外的
一双已不合脚的鞋子

风吹过来
一开始就暴露了
雨的心事

我望着天空
天空也望着我
有些惊惧
天空的天空
在我一望无垠的眼里
终于找到了位置

你打开一盏灯

黑夜把白天残忍地遗弃在
白天的白色里
红的花、绿的叶
都闭上双眼干脆抹黑自己
你打开一盏灯
这可是最后的一盏灯啊
你只想看到
一些白天的空虚
让一些空虚的白天
随心所欲

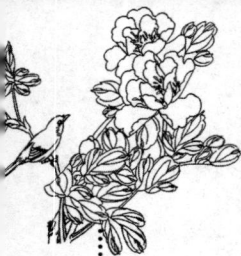

日　子

隧道很黑
如梦中的眼睛
我摸着黑的冷漠
孤单地走着
一列火车迎面飞驰而来
顿时我如一本发黄的日子
被一页页翻过
等我醒来
发现自己又回到原点

我是幸运的

我是幸运的
在这无病无灾的早晨
活了过来
还能让一只透明的杯子
打破迷雾的清凉

我的双手还在
我挣脱沿途小草的纠缠
一声低吟
或就已到了太阳的边缘

我退到土地的背后
看到一群人
在海面上缓缓地升起
可我依然怀念着
昨晚你给我手的暖
就像现在的我
摸到了太阳

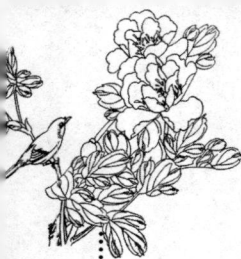

此时此刻

此时此刻
已经没有一种思恋
可供我参照与想象
而晚来的风
仍然会平地而起
我怀抱酒的虚伪
骗过阳光的锐利
也骗过芦花丛中
一只纸做的小船

我不该虚拟一种幸福
自己设的陷阱就在路边
天空开始摇晃
我的眼中
有一堆似曾相识的火光
与一对凤凰的翅膀

记　得

记得
花的手握着你的手
一场盛世的婚宴
在茂密的树冠上举行
阳光携着鸟儿的鸣叫
毫不吝啬
一滴滴落下

记得
你用另一只手
搂着花纤细的腰肢
仿佛要举起神明的火炬
能看见远处
有一个为逃离迷宫
而设置的方向

记得
我的肩膀
一边扛着那一天的天空
一边扛着那一天的大海
天空很明朗
海很蓝

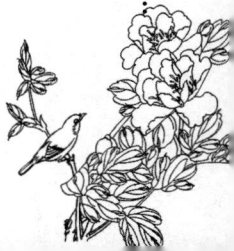

记得后来
你搬来一座
布置得很美的
婚房

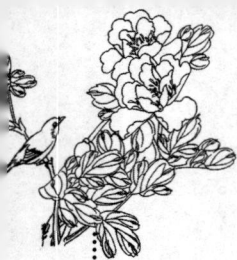

有些事只能梦里想想

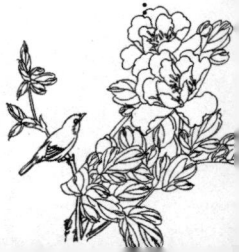

许多年以后
我做着今天的梦
请你为我
泡一杯不加糖的咖啡
然后
用你的双眼
为我把梦
大声读出来

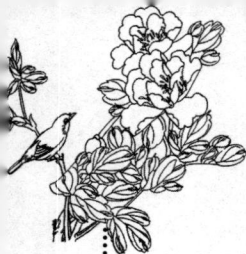

总有一天

我选择先死于一片云
从此我不再见你的容颜
你也就见不到我了
可我就藏在你的身后
用迷茫的双眼
丈量剩余水的深度
肩膀扛起两滴
不肯离去的水
总有一天
我会磨亮生锈的双手
从背后抱住你

秋　祭

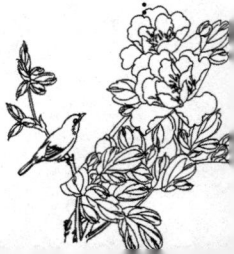

路边的野草
它和我很熟悉
我走过去
它点点头
我走过来
它点点头
如今不了
它和我一样慢慢变老
我再卖力
也走不出风来了

第五辑

可我的诗

仍是个美丽动人的女性

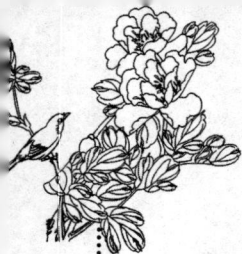

归 还

时间酿成烈性的酒
在一片不再需要设防的
广宽的田野
野兽只留下
臃肿深刻的影子
鸟儿在空中撒下种子后
衔来云做的酒杯
月亮在云里死去
又在酒杯里复活
擦着你唇边的羞红
我已经像喝剩下来的
半杯无色也无味的咖啡
只是一时还没有来得及
找一个倒的地方
但我还是不能归去
因为太阳遗落的一些颜色
我必须捡起来
亲手交给月亮

希　　望

天就要亮了
马和风
相继解开缰绳
老牛嚼完最后一束草
有些影子
也神情恍惚地返回树林
渐渐地能看见
星星在互道晚安
与水流的声音
可我
感到一个刚睡去的梦
在另一个梦里翻了个身
窗外好像起雾了
可这一切与我有关系吗
可不管怎样
总是有一些事物想破土而出
天的确是要亮了

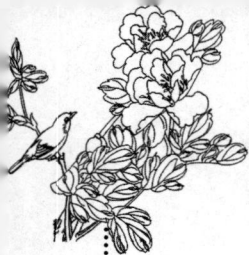

安　慰

春天来了
你看见口衔春泥的
燕子了吗

太阳下
一匹白马死于非命
月亮下
许多新的草为白马守灵

我让禁锢了许久的眼睛
溜出解了冻的院子
拣回了一把星星

当花儿迫不及待地想
展露妩媚
你是否会得到安慰

我把一天的时间劈开

我把一天的时间劈开
里面有一群人
落入尘埃
太阳在一天里消失
变成一团又一团
各自回家的火把

而我要把最后的吻
给一条上了绞架的鱼
乘我的牙齿还在

那些死去的人啊
是否在另一天
仍有可能会重新站起来

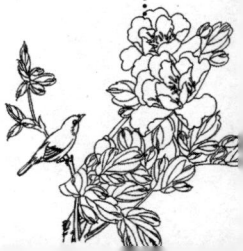

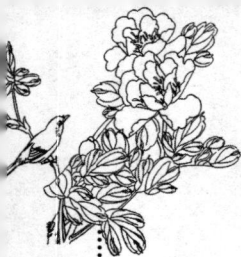

你一定会遇见我的

你一定会遇见我的
那时，你必定口吐莲花
仿佛一千年的尘烟
当天空一点点地老去
大地也一点点枯萎
心中的光于是开始暗淡
我一定要遇见你的
我还未及对你说声谢谢
也未及道声早安
我只是把自己还给了自己
在你的背后
我丢下虚伪的种子
但你一次次地拐弯
还是让我顾此失彼
我依然盼望着你的转身
尽管你可能很不经意
哪怕前方乱石穿空
忧伤堆积
幸福埋起
哪怕我是枚过了秋的果实
风一吹就落
雨一下就烂

来　吧

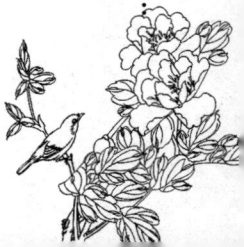

我砍了一棵白菜
把根留下
冥冥中
有人说要砍下我的脑袋
我说好吧
请把我的身体留下
我还说来吧

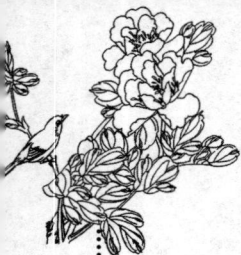

我很好，你很好

天空晴朗
土地湿润
我在一片云底
找到草丛里的羽毛
你在一片草丛里
找到云底鸟的鸣叫
我很好
你很好

今　晚

除了星空
我一无所有
星空在我眼里
除了眼睛
我一无所有
眼睛里只有她
除了她
我一无所有
今晚
风停雨歇
今晚
月明星稀
今晚
我不需粮食
今晚
我不要衣着华丽
今晚
乘太阳还很遥远
可我已不再年轻
我必须举行一个
只有两个人的婚礼
而她一定会骑上
我送的马匹
不信
请侧耳细听
马蹄声正急

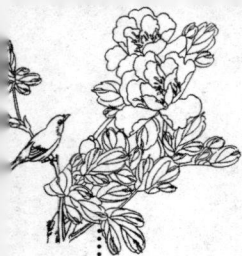

热爱的土地

关上窗户
拉下窗帘
用背影熄灭最后一个灯盏
然后推门出去
在一座小山坡前
等用新土
把无辜的月光埋葬
我就归去
我就驾风归去
归还好不属于我的
一份空气
请把我的衣服烧了吧
请把我的思想烧了吧
请把我的骨头烧了吧
都烧了吧
尽管或成一堆灰
尽管或成一滴水

我还是热爱我的土地

可　　以

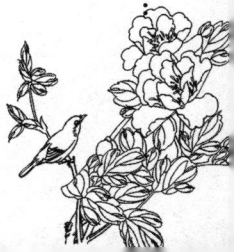

可以掠走我的粮食
可以掠走我的马匹
可以掠走我的婚礼
但千万别掠走
一个已经与世无争之人的
夜晚与安息

世风日下
我只是一粒小小的露珠
意外地落入你的院子里
如果没有太阳
我愿意将自己
就埋葬在那里

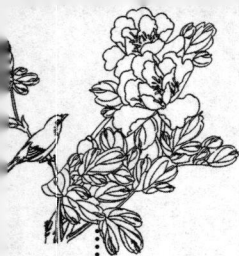

思　念

你说看不到
今天的太阳
可我看见了
虽然天空阴沉
还下着雨
它只是在思念秦时的明月
有了一脸的忧郁

一个随意活着的人

一个随意活着的人
不需搭配任何一种颜色
即使是需要
也已还给了年轻时的眼睛
但任何活过的事物
总必须口说有凭

所以我说着土地教的方言
一路却用旧了父母给的容颜

如今我站在土地的
白发之上
将用尽一生的
寂寞

日将迟暮

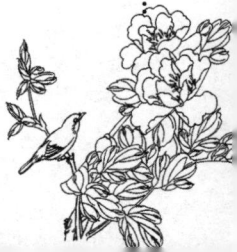

五月的故乡

雨夜翻墙而入的人
我把梦的开始
交给了他
而我踏着一片麦芒
看光景
丰收在望
阳光在麦尖尖摇晃
我看见了自己
滴血的脚掌
与其即将破碎的
一粒粒太阳
麦客的大镰
已经磨得锃亮
随时随地想把麦子
摁倒在火焰之上
还将带来西域的风
要吹过我没有屋顶的房廊
要吹过麦田的幸福之上
要吹过替我做梦的人的脸庞
要吹过五月的故乡
那时
我必须收拾好行囊
尽管梦还一望无际
我还不知道方向

那　天

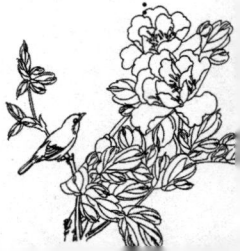

你走近我的那天
恰逢有雨走近我
我拉开窗帘
有许多的雨滴
挂在玻璃上
而你给了我潮湿的背影
但我看见
你的目光
正在不远的地方
开始转弯
我快步走了出去
竟忘了带给你一把雨伞

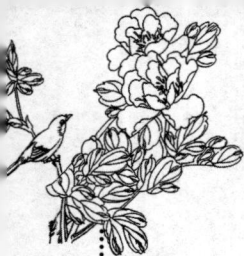

我 的 诗

我的诗
是个美丽的女性
我想为她
找一段痛苦的爱情
让她披上枷锁似的婚纱
让她在羞涩中
莫名地怀孕
让她的孩子
销蚀她美丽的容颜
让她丰满均匀的乳房
在月光榕树下畸形
让她经历一次离异
让她经历一次家暴
让她经历……

可我的诗
仍是个美丽动人的女性

镜子里的我

许多年了
镜子一直挂在墙上
我躺在镜子里的床上
也已许多年了

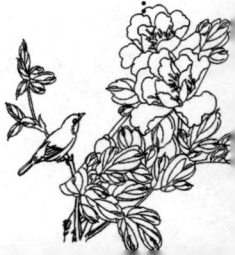

今天我突发奇想
朝墙上的自己笑了笑
就在镜子破碎的一刹那
我才发现
自己的笑已破碎了
许多年

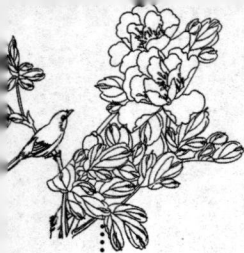

等

一只蝴蝶抖落余晖
朝着我梦的方向
飞进夜里
可我等的是另外一只呀
所以
我把梦一再推迟
再推迟

足 迹

我带着我的苍老
回到故乡
我发现稻子不长在田野
而是长在路上
如我满脸的皱纹
肆意生长
可我还是珍惜我
触摸到的
早晨的村庄
黄昏的村庄
而天空中
一行行陌生的足迹
总觉得有些荒唐
我只能依稀认得
有些来自妈妈
有些来自我
有些来自太阳
有些来自月亮

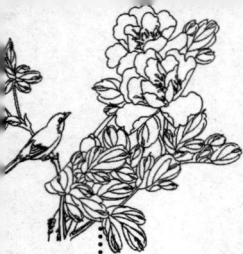

野花的春天

春天遇见你
我比树丛间编织花环的阳光
还低，更低
可我真的有了惊喜
抑制不住的惊喜
因为你
没有无视走过
而是第一眼
就发现了我在这里

雨　夜

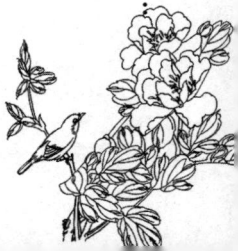

夜的水
升上天空
披上翅膀
酒中的脸，醉了
一脸茫然
我守着小小的窗
仿佛看见你
一边呼喊月亮
一边寻找黎明的开关

第六辑

我要走出这道门的早晨

就会把钥匙丢弃

就不再回来

而你却不是最后一个

想走进这门的人

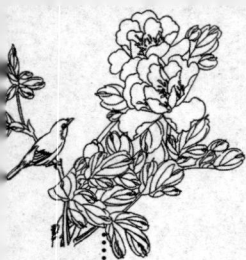

春天是什么

春天是什么
春天就是回到日历的首页
重新来过

就这么简单

影　子

灯光
多事
让我无端
多了些
忧伤
忧伤啊
我该如何
去偿还

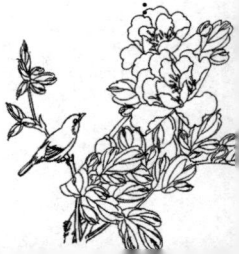

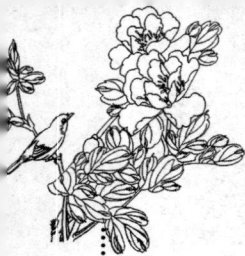

春姑娘

早晨的阳光
除了新鲜
远没有想象中的那么美好
甚至河对岸
还藏着风雨狡黠的脸
一个面容姣好的姑娘
慵懒地坐在窗前
拂去玻璃上的水雾
玻璃外
一根秃秃的柳枝
刚刚冒出新芽
窗台上
有一盛着新水的花瓶
以及一把剪刀

一朵朵未及修饰的云儿
纷纷向她飘来

等　待

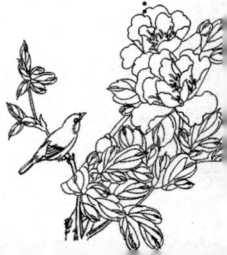

夜把月亮由外及里
一层层剥开
还未等到赤身裸体
就有一千个人在睫毛底偷窥
一百个人借它光洁的肤色赶路
十个人在干涸的河床偷情
还有一只猫躲在暗处
在等待
等待一个双手插入口袋
脖子缩进衣领
戴着名牌墨镜的人
能从牙缝剔出
鱼骨头来

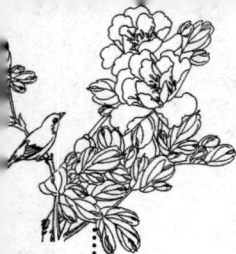

我、影子和老鼠

不知道站了多久了
在大山面前
我陪着一个猥琐的影子
虔诚地站立
直到影子伸手与我击掌
我搂住影子的腰
一只沉睡多年的老鼠
醒了过来
推着卷拢的土地
越走越远

如　果

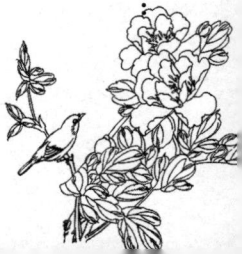

如果你住在海边
我搬来山
翻越它
为你画一道窗
挂一面太阳
如果你住在山里
我搬来海
把帆扬起来
为你也画一道窗
也挂一面太阳

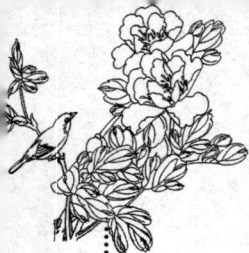

一个村庄的追溯

村庄里住着
一个老太
一个老汉

村庄里住着
一个新娘
一个新郎

村庄里住着
一个少女
一个少男

村庄里还住着
一个太阳
一个月亮

透过密密的松林
村庄像是一条
再也不用修缮的船

早晨的门

门向我缓缓走近
我要走出去
我摸摸口袋
钥匙还在
我要走出去了
走出这早晨的门
门外
你在等门开
钥匙依然在我的口袋

我要走出这道门的早晨
就会把钥匙丢弃
不再回来
而你却不是最后一个
想走进这门的人

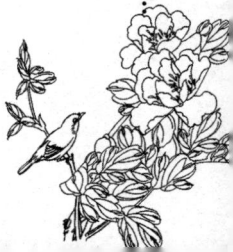

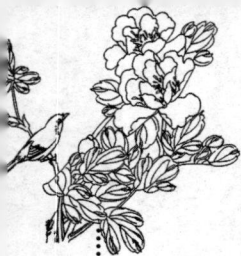

春天的院子

有人在后庭种树
带水的云
脚步有些迟疑
有些彷徨
前院的桃花
兀自点燃
如火炬
为这个春天
领航
我不敢睁开眼睛
怕火焰
将我双眼灼伤
而蜜蜂唱的歌
依然斗志昂扬
它要完成这一年中
第一次飞翔

请你停一下脚步
为我与这个春天
照一张相

春天的路上

路的尽头
草木复苏
而我仍昏昏欲睡
在渐渐熄灭的炉旁

你走后
应该有场寒冷的雨
你也应该来不及
带走墙角
还沾着雪迹的雨伞
而我却应该
倚着门框
为你深藏一个太阳

路可以越走越远
而我要告诉你
在路的尽头
别忘了
转弯
再转弯

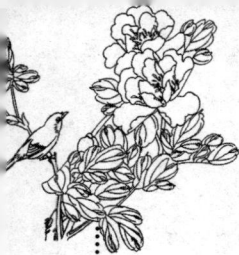

手

很多人握过我的手
很多人的手我也握过
热情、虚伪、温柔的手
熟悉、陌生、冰凉的手
高贵、卑微、曾经活着
以及活着的手
来到一个想象中的山村
我握过草的手
我握过花的手
当我握到一块冰冷的石头
我的手竟然喊出自己的名字来
一字不差

干　杯

隔着门缝
我看见了自己
坐在熟悉的青石板上
与影子及屋檐鸟的声音
对饮

我要从门缝挤进去
先与自己干一杯
再瞧瞧自己
瞧瞧门外自己喝着
家乡米酒的样子

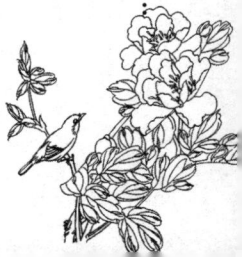

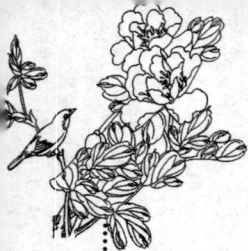

手里的春天

下河捕鱼的人
借助一根柳枝
上了岸
惊喜地发现
自己抓到的是
一把春天

父亲的诺言

父亲牵着太阳
从这片田到了另一片田
可终于还是找不到
一根可以拴住太阳的缰绳
就这么
一天又一天

于是，他盼望着有场雨
能够帮助自己实现
曾对土地
许下的诺言

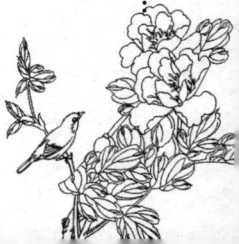

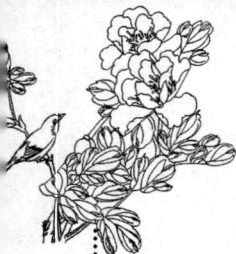

思乡的人

白天脱下白色的衣衫
露出黑色的肌肤
离家很远的人
不懂风情
这时候
他只适合去野外走走
看会儿月亮
看看在黑暗中
开始绿了的小草
幸运的话
还可以看几朵
弹冠相庆的桃花
也许还能遇见两三朵
来自于故乡的
和自己一样
说着蹩脚的乡音
但这需要有足够的幸运

思乡的人
总是把日子过得很长
总是哀怨太阳升得太高
月亮来得太晚
他已攒足了忧伤
却还未能问问
桃花落下的时间
与要去的地方

傍晚时分

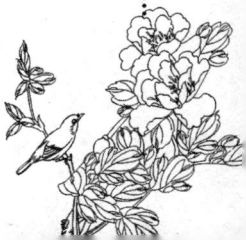

傍晚的太阳
软弱无力
如锦绣从天缓缓降下
我真想裹着锦绣
美美地睡上一觉
可广宽又柔软的草地上
只有一只猫
仅仅只是为了
抓住一只小小的跳蚤
便让自己的性别
暴露无遗

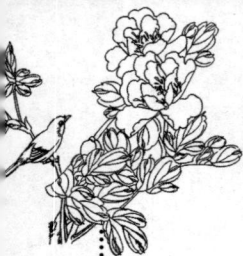

我的幸福日子

我看见自己
越走越远
向着大山深处
最后
就剩下一个孤独的
又圆不了的句号
像你曾给过我的一个
黑色的吻
又像极天空遗落的
最后一滴雨

我幸福的日子
终于来了

三　月

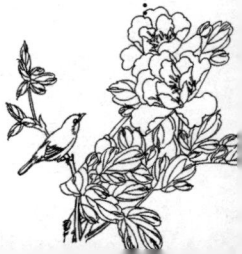

春风得意
春雨浪漫
桃花像亭亭玉立的少女
做了三月的新娘
一床床刚从冬天睡醒的
印满桃花的床单
晾在枝头
在等着结果
树下
排了十里的可爱鸟儿
一只只都在耐心地仰望

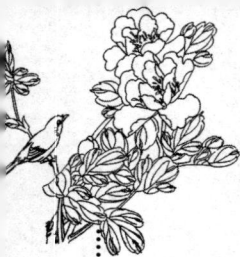

父亲老了

父亲老了
老成玉米地头
一株再也不会发芽的桃树
纠缠它多年的藤蔓
依然年轻
拴住我离去时的背影
却拴不住当年的月亮

如今我一声接一声的呼唤
被山传得沸沸扬扬

一无所获的晚上

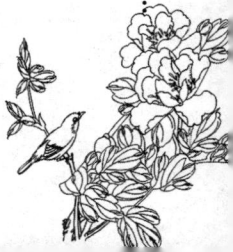

雨后的松林
我找不到一个蘑菇
我什么都没找到
只是在去年只剩下叶脉的树叶底
找到一些湿湿的阳光的苦笑

在这个一无所获的晚上
月亮斜着身子出来
不情不愿地扶着
几只相约说事的麻雀
艰难地爬上黑色的树梢

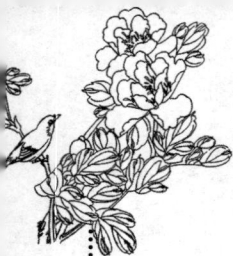

当夜真的来时

当夜真的来时
白天其实走得不太远

我让白天的雨淋湿我
我让夜里的雨爱上我
我在夜里打开伞
并不是我不爱雨了
我是想邀请天空
到楼顶去坐坐
和我一起
听听雨

桃 花 劫

桃花在风里
桃花在春天的风里

我坐在风里
我坐在春天的风里

我看见风里的桃花
一朵接一朵地开着
又看见风里的桃花
一朵接一朵地零落

我看见今年最后的一朵桃花
是从你的眼里落下的

我抹了一把潮湿的双眼
竟落下去年的桃花
三朵

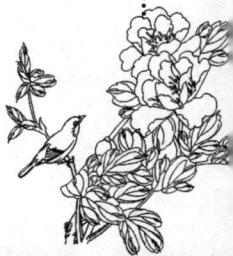

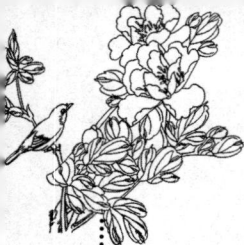

雨后的夜晚

河水漫了上来
漫过水草
漫过崭新的月亮
而几片挂在睫毛上的云儿
在水中四处逃窜

眼睛说要深入
不要让发绿的情绪再去流浪
我要等你说
你说了才算

我说爱上我吧
因为爱上你
我才把自己爱得堂皇

你说这是个雨后
最美丽的夜晚

你就这么走了

你就这么走了
把位置让给了风
留下我在蜡烛的火焰上
摇曳

窗外
繁华的花枝
在迷茫的玻璃上
留下召唤
我知道
它找到了自己的伙伴

第七辑

在雾霭里

人们还没有醒来

我用清晨的第一滴水

修改过往的故事

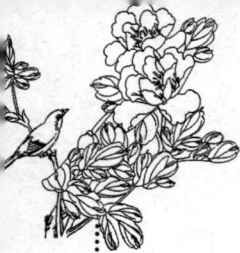

你走以后

你走以后
我把整个天空的一条河
送给了你
河水每天在走
荡起一些不舍的涟漪
可我的目光
却在一寸一寸缩短
天空的石子
衣着光鲜
河里的鱼儿
为了挽留有些体温的水
把自己雕刻成开花的水草

你走以后
总以为可以重拾一些
太阳的热情
总以为可以在阳光下
平衡一些阴影的部分
可太阳一出来
就有一浩荡的蚁群
穿透我刚建立的整个树林
把阳光
一点

一点地
搬走

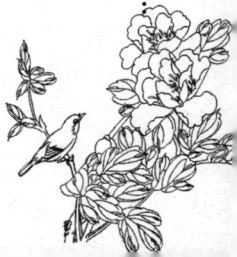

你走以后
我不敢走进人群里的冷漠
因为我害怕
突然会想起去年秋天
麦芒上的一些事
麦芒上一只彷徨的蝴蝶
麦芒上一把用新月锻造的镰刀
麦芒上一滴
在太阳下熠熠生辉的
猩红的血滴

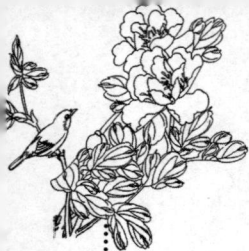

水做的外婆

我把自己活成一片
天真的海
岸上有暖暖的房子
住着年轻漂亮的外婆
与一盏白发苍苍的煤油灯

有田螺姑娘用过的
木桶、木勺、木碗
炉火在炉膛里开不死的花
在给豆角、南瓜、辣椒
讲一个个香喷喷的故事

有木桥
有木船
有木桨
还有月亮

可这一切
都是用水做的
外婆也是
我的枕头也是
我的梦也是

记忆深处的花

用旧的石头
沉入海底
用旧的时间
我用心慢慢捕捞

你一来
花就开了
我一不小心
把它踩进泥里
越
陷
越
深

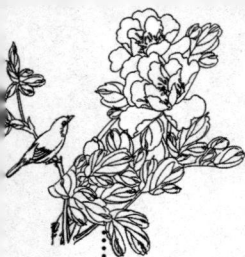

结　果

抓开窗帘
月光亮堂堂地拥进来
第一时间
帮我看见一只
正准备对我图谋不轨的蚊子
此刻
它正恨爹妈少给两条腿
甚至还幻想有鸟的翅膀
可一切都已经为时已晚

今天的心情

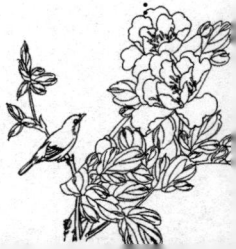

太阳落山
太阳升起来
这不是一天之内发生的事
也不是今天发生的事
今天没有太阳
一直下着雨

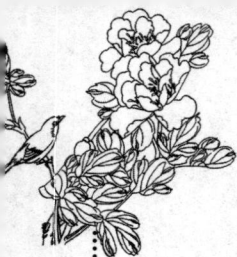

现实中的一些事

有人爱你
也有人恨你
有人褒你
也有人贬你
有人祝福你
也有人诅咒你
可人们只知道世上有你
却不知你是谁
一次一个破口大骂你的人
竟然拦着你
问你是否读过 XXX 的诗
你摇摇头
其实
XXX 就是你

痕　迹

在雾霭里
人们还没有醒来
我用清晨的水
修改过往的故事

到了傍晚
面对繁华
睡意还不敢企及
我把今天未竟故事的长轴
广袖般拢起
然后
把手藏在背后

我尽量不留痕迹

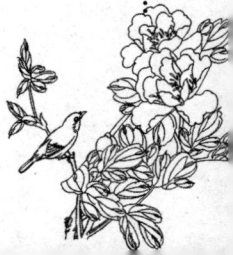

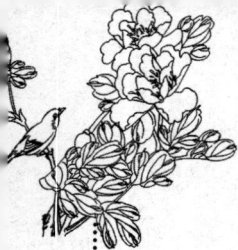

木桥上的风景

你牵着月亮
走上木桥
木桥太窄了
很多很多的月亮
在木桥下
想蹚过一条河
也许有些晚
楼上的窗
和楼上的人
已经一起睡去
否则
肯定有人
会默默地望着你
或许还会轻轻地
叫出你的名字

七年之恙

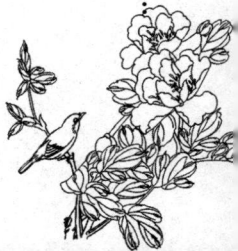

你比太阳
更早睁开眼睛
更早看见我
你只是看了我一下
稍微用眼角瞟了我一眼
便翻过身去
就像我拒绝太阳一样
拒绝我

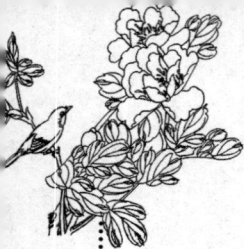

故乡的河

十年前
一群牛
在河里喝水

今天
一头牛
在河里吃草

十年间
也不知道是那一头
还是那一群牛
喝干了河里的水
甚至把河里的蓝天
也喝了

白 月 亮

围着我唱歌的人
我并不熟悉
我所熟悉的人
都已经死了好多年
同样
围着他们唱着同样歌的人
他们并不熟悉
包括怕高的蝴蝶
与闻讯赶来的
手舞足蹈的苍蝇

看似弱不禁风的白月亮
悄然而至
从头顶偷袭我

那月亮说
认得我

而我透过开始腐败的落叶
说月亮啊
你何以见得

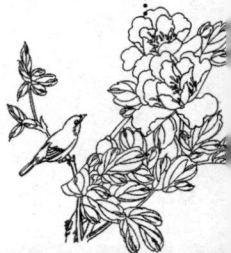

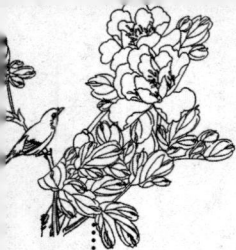

堵

从城东到城西
开车
我用了一小时零三分
步行
我用了零小时四十五分
那零小时十八分时间
我给了谁

时间
有时可以用加法
当然也可以用减法

这个时候

早晨
几朵带泪的花
仰望着太阳
在诉说着去年的心事
而有几朵蜷缩身子
随时准备扑向土地

我不能将你送回山里
因为我实在想不起
埋葬火焰的那个确切的位置

我只能在走失前
先藏好自己
这个时候
你多半是和这个春天
在一起

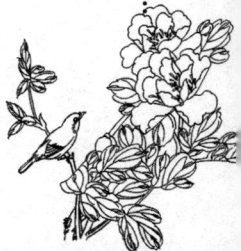

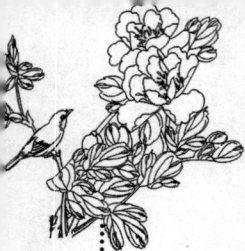

因　为

因为存在
你不屑
因为不存在
你才需要
鸟可不这么想的
所以一有空
就会梳理梳理羽毛
尽量让羽毛存在
尽量让存在的
漂亮些

临　　摹

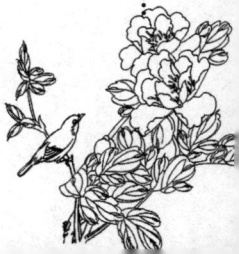

我临摹了游荡的云后
又临摹了有根的叶
可我不能临摹一纸风筝了
因为你藏起了手
我怕自己找不到
回家的方向

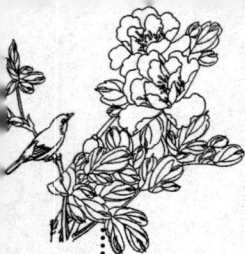

迷　茫

天空没有一片云
山坡没有一枝花
林间没有一个影
我被卡在回家的半路上
我被卡在月亮与太阳的缝隙
听到有人在大喊
救命

风

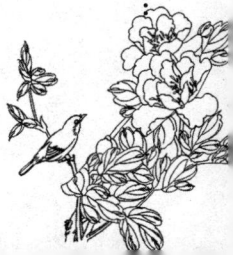

风不止一次
弄乱了我的头发
风也不止一次
把灰沙揉进我的眼睛
今天，在小巷里的家门口
我紧拉着爱人的手
风用力地扯着我的衣襟
在我即将关上门之际
我放下所有的成见
回头与风相约
风啊
今天到此为止吧
我们另找时间
好好谈谈

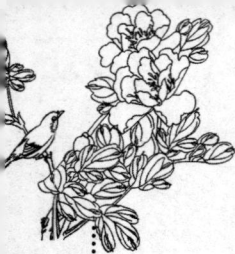

无聊的一天

你说我头顶海水
脚抵蓝天
说我是倒立行走的人
我不信
乘四下无人之机
连翻数十个跟斗
我觉得自己的脚尖
果真够着蓝天

自己的岸

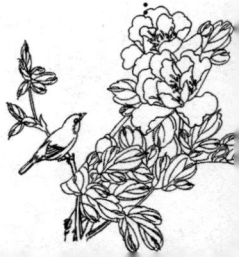

一场大雨讲来就来
毫不拖沓
干干脆脆
明明白白
预报说局部大雨
也许这里就是局部吧
可预报没有说需要带伞
所以我淋着雨
寻找自己的岸

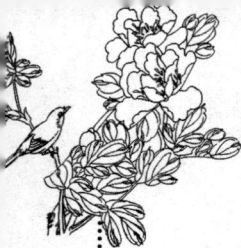

一堵不上锁的墙

中午
有人和阳光一起
翻墙出来

中午
也有人和阳光一起
翻墙进去

一个在墙上跳舞的人
手里紧抓着一把春天

墙根
有做烤鱼梦的猫
流涎三尺

我告诉路过的人
一段关于墙的历史
历史从不上锁的
钥匙只是一种摆设

我是一个健全的人

跳舞的人
丢失双足

唱歌的人
丢失嗓子

喜欢风景的人
丢失眼睛

有爱人的人
丢失双手

而我
的确是个健全的人

而我
如石雕一样冷漠

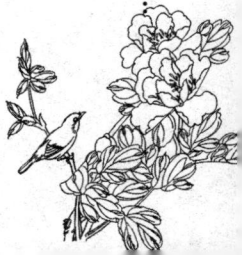

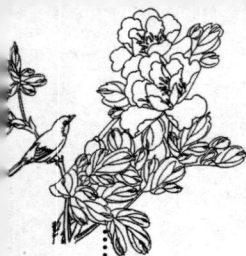

家的样子

我把月亮、小鱼和水
一脑儿倒出窗外
一群流浪猫
为鱼飞奔而至
吃着吃着
忽然悲恸起来
我猜
它们也想家了
可家是什么样子
它们都不知道

那　些　年

那些年，故事都已尘封
太阳不会光顾

那些年，鱼儿长着翅膀
月亮如船弯弯

那些年，风也年轻洒脱
却在你的窗口落了魄

那些年，小鹿不是跑在草原
而是在心里面乱撞

那些年，你是让蝴蝶歇在发际的少女
我是不知天高地厚的翩翩少年

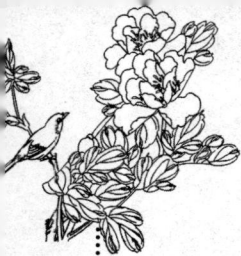

担　心

一条小黄狗
在晒谷场绕了一圈
就跑上一座木桥
对着桥下水中的另一条小黄狗
极力示好

可我担心的是
河上游的水已经上涨
水里的小黄狗
还一点都不知道

黄昏下起了雨

路过黄昏
路过黄昏下起的雨

第一滴
落在石头上
如回家的马蹄声

第二滴
落在尘土上
如一旅人流下的汗

第三滴
落在纠结的溪水里
雨便找到了家的方向

最后一滴
落在我的颈项
如一滴白色的血
还有点凉

我望向大海的目光
中途却被一只
朝着一片树林飞去的小鸟
撞断

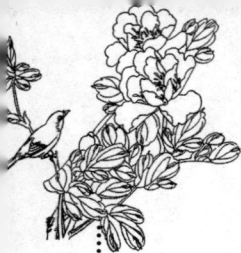

一个被你丢失的人

打捞沉没的时间
我看到了另一个自己

拆开午后太阳的光
我又看到了另一个自己

坐在一面镜子的边缘
我惊喜地找到
丢失多年的眼镜

可现在
我走在你的背后

你把我拆得很零碎
丢弃在路上了

第八辑

我趁着月光还在

偷偷掸去

落在肩膀上的

一根白发

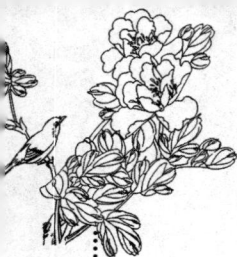

旗帜与幌子

一面旗帜
其实就是一个幌子
我做了无数面旗帜
让它们在天空中自由自在地飘着
而你是天地间
唯一一个放风筝的人
你把风筝紧紧地攥在手里
说是怕被风夺去
其实你是在等风起

红　尘　劫

住进一个黑暗的匣子
我归还太阳
交出空气
抹去所有存在过的轨迹
在冰冷的墙壁上
我左手摸到一只将死的蝼蚁
右手摸到尚存余温的自己

原来我归还得还不够彻底
还没有把你
交出去

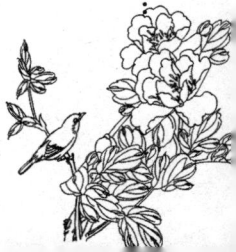

路上已暗生青苔

无辜的路灯下
我把自己塞进黑暗

荒废的埠头上
那个手执月亮涉水而来的人
必须与我撞个满怀

然后，交换彼此的眼睛

用以证明
一路上已暗生青苔

两个自以为是的人

月光、虫鸣
倒在湖里柳枝摇曳的影

一个写诗的人
用足音一寸寸丈量
一首诗的长度

而一个孤独的歌者
正仔细摆弄着
断了弦的琴

风声，有些呜咽

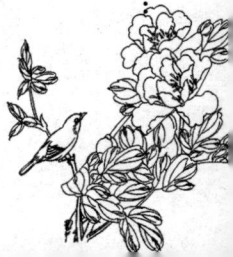

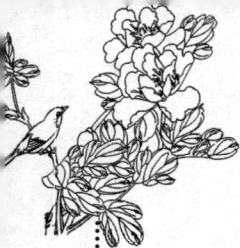

我谬赞了这个春天

我谬赞了这个春天
这个春天已丢尽天空的颜面
雨还很冷
滴滴嗒嗒地说着黑色的
谁也听不懂的语言

我谬赞了这个春天
你是远去还是归来
为何不能告诉我
你离我还有多远

我谬赞了这个春天
还是新落户来的燕子
告诉我的
等太阳出来
在山坡上还能看到炊烟

远 和 近

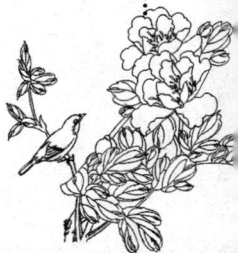

昨天突然想起你
今天很想你
明天会更想你
我不知道你会在哪里
但可以肯定
我们离得很远
只隔着空气
我们离得很近
隔着空气

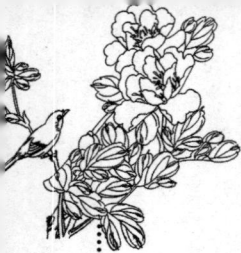

没有你的消息时

你来了
我用目光接你
你离去
我用目光送你
我如路旁的一株小草
你来时
我摇了摇头
你去时
我也摇了摇头
没有你的消息时
在阳光下
我径自成长
也径自枯萎

我就要出去了

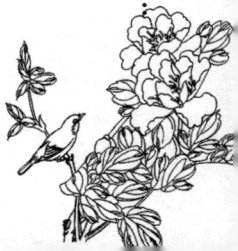

早晨，第一粒露珠
镶在我的鞋帮
早晨，第一朵阳光
就开在我的额头
我要出去了
门上的锁怎能锁住我
我就要出去了
快速穿过那道门
披上太阳夺目的衣裳
到屋后不远的山坡
去放牧我的牛羊

天空多么干净呀
山坡很肥美
我要乘早收回风零碎的翅膀
埋好记忆中哭红眼的花瓣
如果你还不认识我
那就对了
可我突然一时想不起来
该拿什么去偿还
昨晚梦里你借给我的故乡

我就要出去了

在你刚转身离去的山岗
故乡的炊烟
扶住阳光做的门框
门框上有你留下的一个
小小的门环

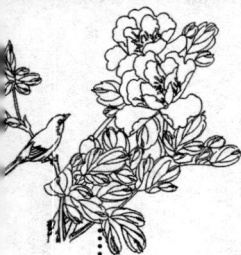

在风中叮当作响

此　时

闪电
劈开一个晴明的早晨
山村野外
是谁来过
又是谁
踏着绿色的风火轮
我是多么热爱
这熟悉到陌生的土地啊
我是多么热爱
这和谐得仅剩孤独的树林
布谷鸟牵出几条
开着白花的山泉
映山红开出一道道
暗生兰香的小路
此时，山村的门窗
依次洞开
此时，山岗如仙境
空无一人
此时，我细数着
叫幸福的种子
此时，你撩起长发
露出翘翘的嘴唇

此时，我俩彼此都难以置信
怎么就看见了
昨晚梦见的那个人

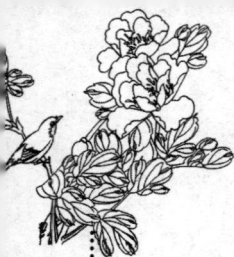

乘着月光还在

当风帮着树枝
摇下月色
叶也不知不觉落了下来

我突然想起
院子里忘记收拾的
稻谷，草垛和穿花衣服的
稻草人

我乘着月光还在
偷偷撣去
落在肩膀上的
一根白发

今天要发生的事

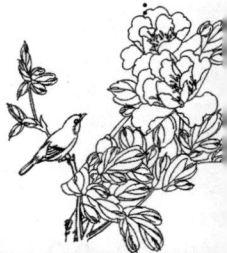

今天你要路过一个乡村
今天你要遇见一位故交
今天你要经历这个冬天
最寒冷的一天
今天你还要碰上一溜
望不到头的送丧队伍
今天有一个乡村必须路过你
今天有一位故交必须遇见你
今天这个冬天最寒冷的一天
必须经历你
今天一溜望不到头的送丧队伍
必须碰上你
而你今天会想起今年最愉快的
一件事情
那就是如果现在躺在棺木里的人
是自己

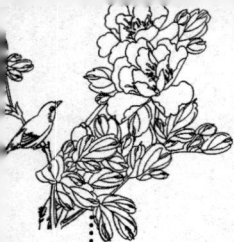

春天来了

春天来了
土地开始松动
溪水开始上涨
早起的鸟儿
正准备去远方送信
门前的花开了
屋后的花开了
山坡上的花都要开了
可我却在妈妈的坟前
正对着一束塑料花发呆

别 回 头

我们说过
向前走
你我绝不回头
可亲爱的
今天我把路走过头了
请原谅我
现在
我就回过头来

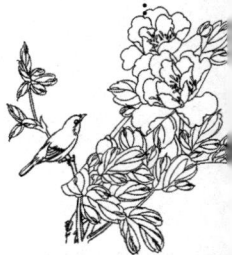

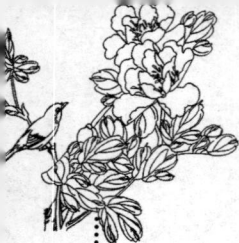

月亮为什么笑

月亮为什么笑
因为有双眼睛在逗它
那是你的眼睛
亲爱的

兰花为什么香
因为有个身影感染它
那是你的身影
亲爱的

我为什么幸福
因为有双手安抚了我
那是你的双手
亲爱的

天亮了
水清了
花开了
因为你来了
亲爱的

太阳回来的时候

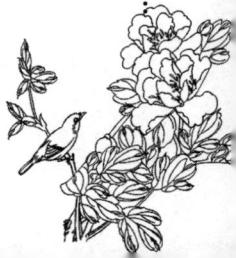

太阳回来的时候
你发现自己还活着
你还发现
天空很美
仿佛一朵巨大的花朵
鸟儿低低飞舞
仿佛一只远方闻讯赶来的蜜蜂
此时，阳光微笑着
走向你
想握握你冰凉的手
可你却只想
只想拣起路上温暖的石头
好好和它说说话

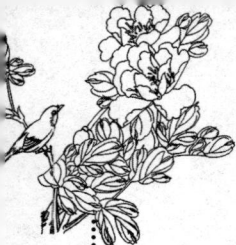

如果我们再次相遇

如果我们再次相遇
一定要选在一个
松冠覆盖的溪流旁边
不谈战争
不议国事
不读圣经
你多喝几杯
你也知道我滴酒不沾
就让我以水代酒
等天上的月亮出来后
我们相互抱紧
看天上繁星比凡间的灯还多
溪水比浪更澎湃
就这样吧
让所有秘而不宣的事
被逐渐围拢过来的松针
去捅破一个
大白天下的早晨

在草原上

在草原上端坐
就是要爱上奔驰的马
就是要爱上
如马般一匹匹奔驰的云
可我更爱骑上
如马匹的云
看看格桑花和你谁更美
还喜欢听听
你与格桑花上的
一只蚂蚁的对话

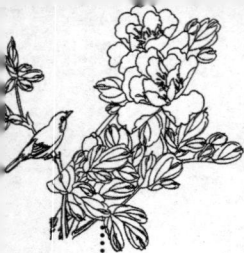

你只记得有大海

突然间
你忘记了回来
其实你忘了不仅仅是路
还有许许多多的事
我的容颜、年龄、籍贯
都是我的
你只记得有大海
于是
你把我们的往事
在眉头拧成一股绳索
再将自己惨不忍睹的躯体
向海里抛了过去
如同鱼钩上的诱饵
画着美丽而规矩的抛物线
阳光铺满的沙滩上
有只不想回家的牧羊犬
若无其事地
在沙子里
寻找你的骨头

螺居老人

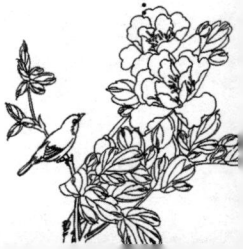

身份模糊的人
就让他永远模糊
他在泥浆里种出的粮食
足够养活自己
与一群食量惊人的蚂蚁
有时还能给背负着
月亮般罪恶的野兽
改善一次伙食
他只需一个狭小的
被遗忘废弃的空间
这里的空气也是狭小的
土地是被废弃的
太阳也和他一样
身份模糊

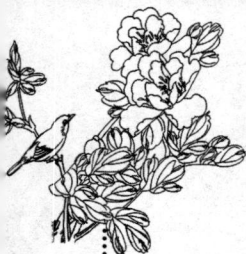

今天的我

今天我死过两次
也活过两次

今天我在去医院的电梯上
打死两只蚊子
一只死在我的左脸
一只死在我的右脸

今天我在妇产科的走廊上
遇见刚刚见到第一缕阳光的双胞胎
男婴在妈妈的左侧
女婴在妈妈的右侧

最为重要的是
我吻过女婴后
她笑了

换　位

暂时
我让你的头颅
在肩膀上寄居
也可以说
暂时
我借个皮囊给你

暂时
让我晃晃你的头颅
暂时
让你抖抖我的身体

暂时
让你不涂唇不描眉
暂时
让我穿一穿梦寐以求的
花裙子

这会儿
你不是你了
我却成为了我

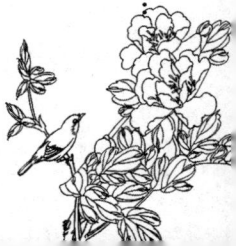

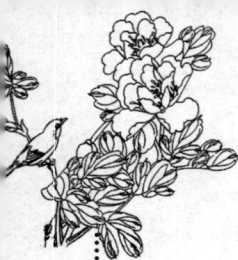

启　　程

我驻足于清晨
冬天萧条的山岗
日头初显
松石肃然
寒风中
有马蹄声
原来我自己
就是那策马而来的人
山下或喜或悲的尘世
如云飞雾散
而涧水潺潺
正好饮马
正好让我
换张脸庞

折叠的翅膀

我行走在季节的背后
肩背三千弱水
从你细腻的肌肤上滑过

请允许我把自己的影子折叠
也请允许我
与折叠后的影子重逢

你的身体习惯性地
转向那片灌木林
那里的叶子三五成群
相互牵挂着
默然地飘向土地

当你的眼睛
捉住一只神情悠然的蝴蝶
你终于相信了
林间还有花开着

可是你最终
还是没能分辨出来
蝴蝶美丽的双翼
究竟哪一翼是另一翼的
影子

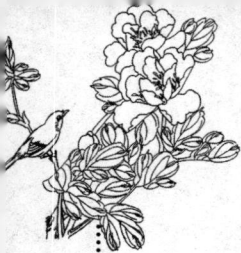

背　影

一个人在我眼前飘过
我抬起头来
可她迅速走远
只留下一个背影
如小时候就已经熟悉的
那朵云

一个背影在故乡的天空飘过
她在院子里那桃树上
停了一会儿
两朵桃花离开了桃枝
这时，妈妈刚刚
从梦中醒来

第九辑

月亮真好

鸟儿真好

你真好

月亮下

有你听着鸟儿的呢喃

真好

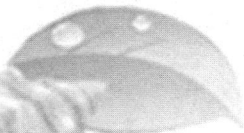

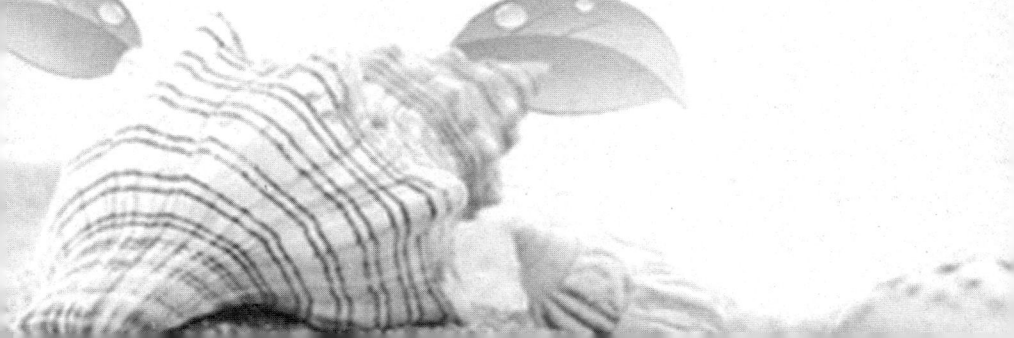

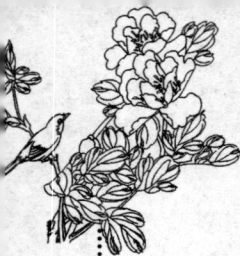

我是个听话的人

我说话不多
我听话不少
我是一个听话的人
我听妈妈的话
我听老师的话
我听党的话
如今
党的话
我已铭记于心
老师的话
我已倒背如流
可我的妈妈已经不在了
我是不是也要说些话儿
给别人听

平衡点

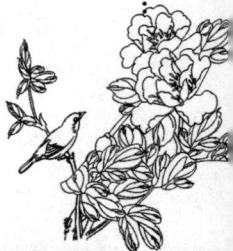

冬天午后的阳光
和我的眼光相似
有了些昏黄
它贴在寒冷的一面
望着我
我贴近温暖的一面
望着它
我们相互凝睇
把心情停放在
隔开我与它的
没有故事情节的玻璃上

我们都一样
从大海穿过冷漠的空气
从乡村翻越热情好客的群山
现在，唯一不同的是
我面前有杯开始变凉的
没有加糖的咖啡
我必须闭上眼
伸出已提不起杯子的手
打破僵局
让风诅咒我
让尘土鞭笞我
然后拎着鲜血淋漓的拳头
跟着它走

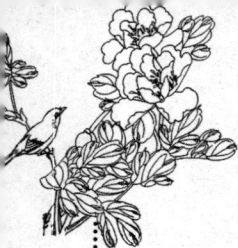

战胜自己

如果有一天醒来
太阳还没有被昨晚的
海浪卷跑
你突然发觉
已经战胜了自己
从此天下无敌
这就对了
可生活还得照旧
急不可耐地跑一趟洗手间
可以光得膀子
也可以赤着脚
然后
穿衣，刷刷少了九粒的牙齿
剩下最关键的一环
就是如何把坑坑洼洼的脸抹平
然后
选一件能多少掩饰日益隆起的
肚皮的外衣
早餐可以不吃
但不可以不喝一杯
隔夜的温开水
滋润的一天
就此开始
从此你天下无敌
因为你已经
战胜自己

遇见你的过程

我在下雨的那天
起航

我在雨停的那天
抛锚

我在天晴的那天
靠岸

一不小心
太阳把我的影子拉到对岸

于是
就遇见了你

那天的河里
挤满了雨做的水

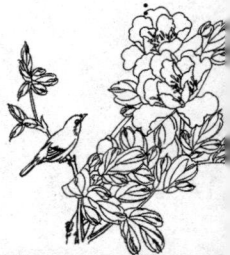

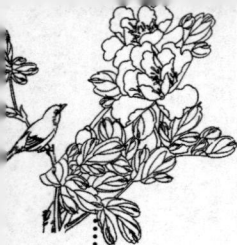

我 是 谁

当我
手持
无形的
利器
毫无保留地
与自己
对峙
终于
我问了一句
你是谁
然而
那究竟
我是谁呢

就像我梦见你

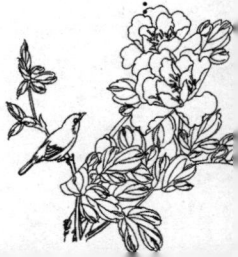

想念多了
就会做梦
可做梦多可怕呀
就像人
梦见珠峰的空气
就像鱼
梦见逝去的水
就像叶
梦见干枯的树枝
就像我
梦见你

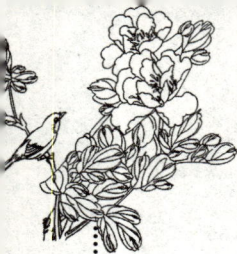

真好

太阳真好
院子真好
花儿真好
太阳下
有花开在院子里
真好

月亮真好
鸟儿真好
你真好
月亮下
有你听着鸟儿的呢喃
真好

一株银杏树

一株参天银杏
站在雪地里
一动不动
雪还一直下着
你怎么也看不出
它与周边的其他树种
一样活着
我走过去
雪地里
我如一条毛毛虫
当靠近挂着白胡子的树干
突然
高高在上的树枝动了动
仿佛想要跟我握下手
我放心地往回走
依然如一条白色的
在雪地里爬行的毛毛虫

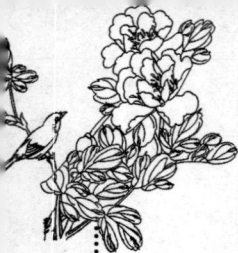

冬天里

被秋风抽伤的树枝
需用白色的棉纱
一层层包裹
才不至于留下
深深的伤疤

而的确
我们就该明白
既然真爱了
何需用什么
密电码

醒

摘一片柳叶
当船
折一柳枝
作蒿
月亮领着你
一个巴掌
把我拍到了
岸上

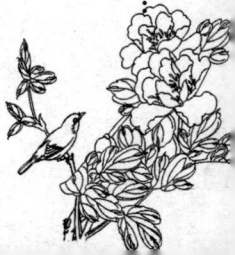

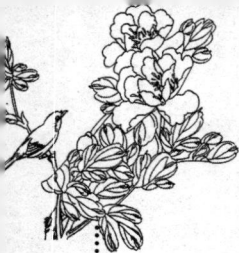

你眼里的海

大海真的很大
你摇摇头
落下眼帘
说
大海呀
只有一滴水样的泪
或者是
只有一滴眼泪样的水

母亲的照片

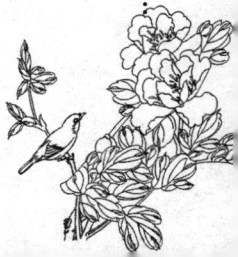

我很爱我的母亲
我曾用心爱着
也曾用唇爱过
如今不了
改用手爱着
爱不释手地爱着
比以前爱得更大更深了
我用对她的爱
证明自己活过
我用对她的爱
证明自己还活着

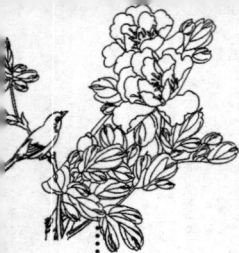

渺小

面对群山
我无限惭愧啊
我从山上下来
太阳在水里升起
我不朽的身体
被太阳掠走了一半
剩下的一半
又被露水喝去了一半
剩下的另一半
还被石头踢飞了一半
我再也不能给了
我要把残留下的
一半的一半的一半
小心保护起来
乘土地还完全冰封
如土豆般种下
我想在春天
重新生长一次
即便是很渺小很细微
但只要是完整的

你悄悄离开我的世界

这些年
一直有个伤口
在我的心头幽居
而你就是伤口里的王
我可以看
红遍的万山
我可以听
呜咽的山泉
但你仍然是王
指挥着枯枝
如长矛林立
舞动着败叶
如旌旗蔽日
将我的影子刺伤
又将我身前身后的路
层层埋葬
逆着时光
一切所谓的美丽
都已是
千孔百疮
不忍卒看

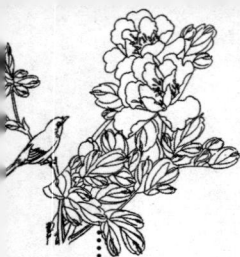

午夜的灯光

午夜
整个世界都睡着了
可那窗口
为什么留着一盏
有些飘摇的灯光
那是谁潮湿的眼光
还那么憔悴地在流浪
还是为谁
痴痴地
把回家的路照亮

臆

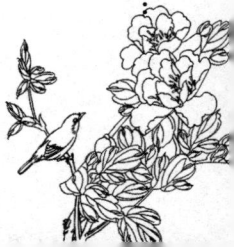

我把自己交出去
如同倾倒的竹筒里
盛满的豆子
毫无保留
连被嚼碎的骨头
连最后一根遮羞的毫毛

可我竟然忘了
是交给了谁
是月亮还是太阳
是高山还是湖泊
是阳光道还是独木桥
但我还是能记得
一路上
有只甲壳虫在搀扶着我
我看见
桃花与梅花
在一个园子里盛开
布谷鸟在雪地里
布下捕捉老虎的陷阱
我还看见
星星在车来车往的马路上
激情高昂地游行

而当甲壳虫为了掩护我
被一片从湖底走过来的叶子
踩得粉身碎骨后
我参加了一次
自己的葬礼
再把自己嫁给了一块
大自己一千多岁的石头

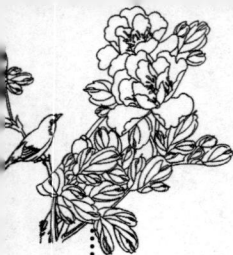

那些吻

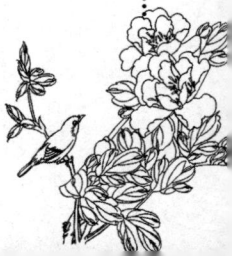

那些吻
很年轻
但遗失得
有些久远
已经化作天边
云的容颜
而我
仿佛一只没有子女的
麻雀
在雪还没有下来时
就已在晒谷场上
等待着春天

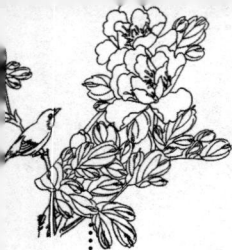

旧墙上的影子

一个被时间用旧的人
靠近一堵
被风雨用旧的墙
清晨的阳光
撒下影子的种子
如撒捕鱼的网
被时间用旧的人的影子
开始在墙根发芽
并藤蔓一样
攀上用旧的墙
一天不短
一天不长
但足以让影子成熟
在墙上游荡了一天的影子
在焦虑地等待
傍晚的太阳
把自己的影子
收割归仓

秋 收 后

麦穗被斩首
麦秸被集体绑架

而田野归还给了田野
可以松口气的
是河流与老农
唯有慵懒者
开始蠢蠢欲动

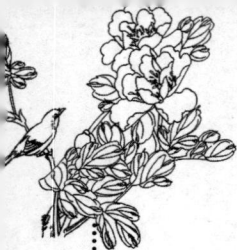

你好！你们好

你好
月亮
你们好
沾上月光的
薄雾、水面、树林
小径旁无人的凉亭

你好
房子
你们好
房子里的
灯光、酒杯、解开扣的衣服
松下橡皮筋的长头发

你好
伺机行动的壁虎
你们好
开始醒来的梦
以及梦里的许多人与事物

囚

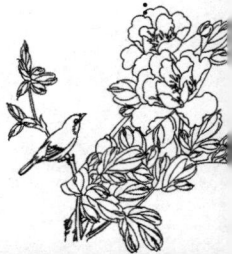

对于有些人来说
我就在天堂
对于我来说
那些人就是在地狱
俗话说
天上一日地下一年
这说法至今无法论证
但至少
对于有些人来说
真的是度日如年

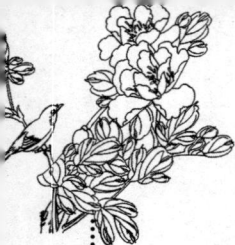

我不能输给影子

整个上午
我快速向东转移
而午后开始
我必须交换方向
转身西行
我总不能让影子
跑到自己的前面去

只有雨天
我是自由的
如空中的雨伞一样
悠闲散漫

只有黑夜
我是悠闲散漫的
如走在湖面的微波一样
自由

不是所有的冬天都很冷

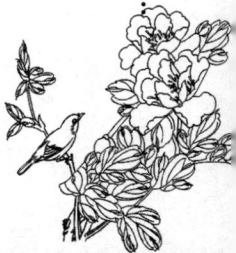

我在冬天的庭院
抖下的不完全是雪
还有夹在雪中的灰尘
这个冬天并不冷
该开的花开了
不该开的花也开着
如同守在门口的那条狗
一边打着寒颤
一边还打盹
若不是听见你
没有沾雪的脚步声
我还以为自己
一不小心走错了门

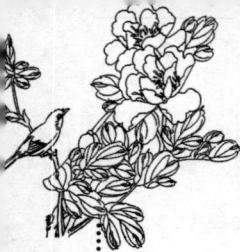

剩下的时间

白天被一匹白马
驮走

黑夜被一匹黑马
驮走

剩下的二十四小时
怎么办

全给你

两只太阳

一朵云奔过来的时候
太阳照着水面
不躲又闪

一双眼携着一枚树叶
落在一只幼鸟背上
鸟做欲飞状

鸟儿终于朝空中飞起来
却看见水里另一只
被水草遮盖的太阳

风过来与我打了个照面
发现已不是我的容颜

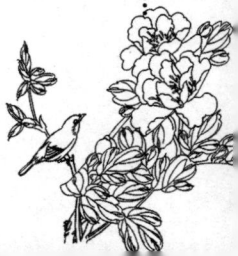

打　坐

山在大地上打坐
一坐就是一千年
我在山顶上打坐
一坐就是一百年
太阳在我头顶打坐
一坐就是一天
云在太阳上打坐
只有瞬间

人　　影

满地打滚的人影
也会像树长高
也会像花开放
更多的却像发情时
饥饿的鼹鼠

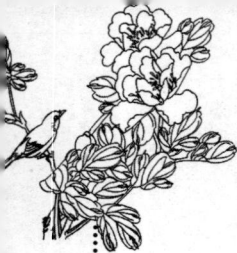

爱　情

我在古人遗落的文字里
找到了爱情
那时
我刚好在庙里
领取了安慰
请菩萨帮我解开
被人下了蛊的躯体
那时
刚好天上落下一朵
圣洁的祥云

爱情线

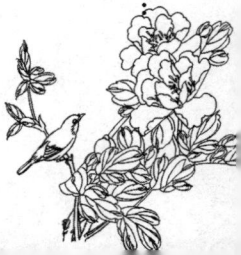

爱情
就是一条线
藏在掌纹里
有的人
半路就会夭折
有的人
手掌骨都化成灰了
却走了几千年都没走完
比如李煜
是唐朝的那个浑小子

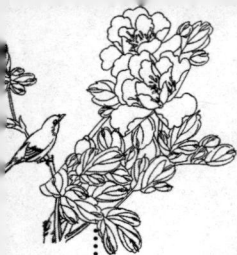

我不是你的菜

我不是你的菜
你的菜还在园子里
正把娇嫩的舌头
伸向一条青虫
说
快吃吧
否则就来不及了

看来
我并没有得罪你
而是你
得罪了整个园子

我居然还活着

我居然还活着
还能把太阳迎来送去

我打开门
外面满世界
是新鲜的空气
看来
我还能活很久

我还记得
把皮鞋擦得贼亮
就为了包子店的老板娘
今天能多看我一眼

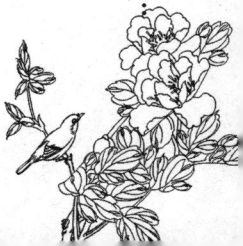

第十辑

你可以去做很多坏事

也可以去做点好事

但切记

不可掉以轻心去爱

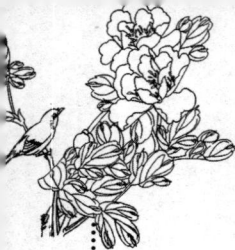

野草悲伤的时候

野草悲伤的时候
总会搬来石头
然后靠着
在万能的佛
与广大的尘世间
一定可以找到一个缝隙
用以随心所欲
这时
你可以去做很多坏事
也可以去做点好事
但切记不可掉以轻心去爱

失败的冬天

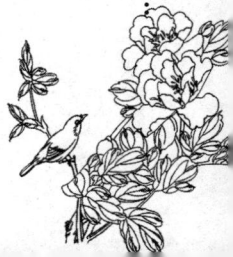

这个冬天
注定是要失败的
羽绒服钻出的白色羽毛
代替不了雪
你穿过那片荒草地
又穿过那湖春心荡漾的水
本想去画一朵梅花
无意中却把墨泼在半路
于是春天避开了冬天
过早来到了人间

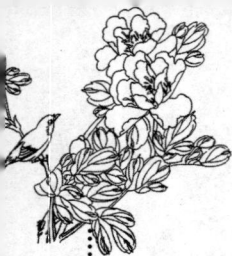

小区后门的湖

出了小区后门左拐
就是一片美丽的小湖
每天都有许多人围着它转
有跳舞的
有吊吊嗓门的
有完全是散散步的
还有一些不怕人的水鸟
可自从一个身份不明的老汉
失足淹死湖里
围着湖转的
就只剩下胆子大些的水鸟了
但小湖依然美丽

为了你

这么多年来
我一直在问自己
为什么来到这个人世
现在明白了
是为了来找你

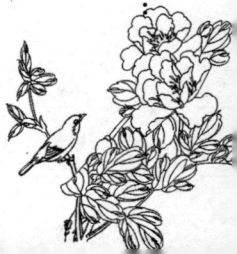

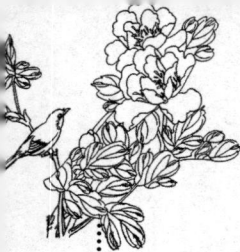

云

早晨天空
飘过的云
中午天空
飘过的云
晚上天空
飘过的云
它们与我及口粮
悉数无关
它们只是
如一幅作者死后的
山水画的黛
该浓的浓
该淡的淡
直至有一天
我走向西行的路上
才发觉
这些意志不坚定的云
跟西行的人
十分有关

乘现在我的话不多

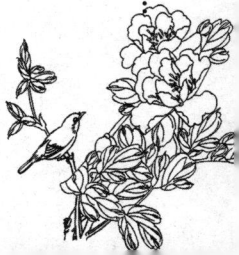

走吧。这个早晨我很清醒
尽管潮湿多雾
这片郁郁寡欢的湖
就是我想对你说的话
不多，白茫茫望不到边的
是雾。只要你愿意
就请坐下来吧
有心情沉重的野菊花
与藏在角落等待身体的翅膀
与你做伴
不要等到天气晴朗
等心怀鬼胎的身体
找到飞翔的理由
不要等到我两眼昏花
分不清白天的白、夜里的暗
乘现在湖面还不大
我的话还不多

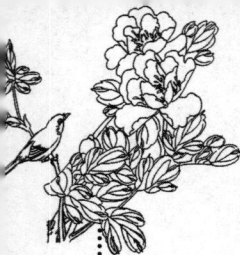

当你低下头的时候

你总是对着天空
有了些想法
天空名副其实
只有白云和白云
我不会去问你
当然你也不会告诉我
而当你低下头来
你的想法瞬间没有了
此时的地上
只有你从远方带回的尘
与被树枝剪碎的阳光

雨后的湖

这么多
雨水

装进一只
土做的
缸里

四面八方的风
轻轻地
把它推动

鸟儿
逃窜
因为缸底
有个亮点
像子弹

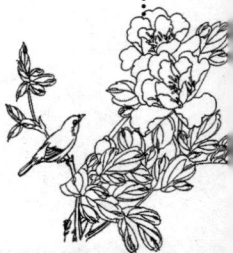

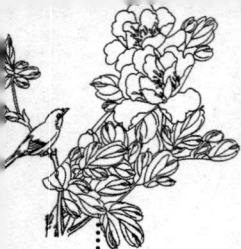

劳燕分飞

两只燕子
在早晨的树枝
说着家事
说着说着
就吵得上蹿下跳
争得面红耳赤
也许是为房子
也许为票子
更可能是因为
感情被第三者插足
恰巧有人走过去
两只燕绝望地长啸一声
离树而去
一只向东
一只向西

一百零七

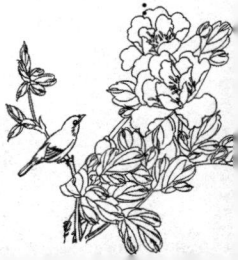

这段路
共用了一百零七步
每走一步
我都会想起一个好汉
可还有一个
我怎么也想不起来了
等我跨进家门后
才想了起来

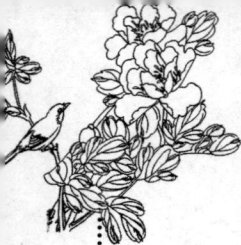

选　择

有一天
我们都要死亡
把空间
留给后来要死去的人
我们都有选择
死亡的权利
如一匹马选择沙漠
如一只鸟选择树枝
我准备让自己
死在门前熟悉的河里
像一尾漂亮的鱼
那些孜孜不倦的鱼钩
会把我钓起
那满眼血红的屠夫
会用锋利的刀
会用热锅里的油
让我至少
死上两回

手中的玫瑰

这个天太好了呀
亲爱的
如果太阳永远
都不落下
它一定是故意的
因为它知道
我俩约会的地方
以及我俩
手执玫瑰
心潮澎湃的夜晚

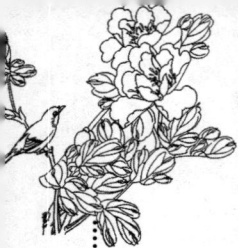

画出来的太阳

一天
我在写诗
突然忘了太阳二字
怎么写了
此时
太阳正挂在窗边
我灵机一动
照着它的样子
写下自认为今生
最得意的两个字
——太阳

阳光总在风雨后

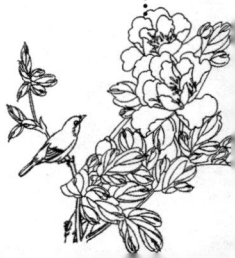

下雨了
街上的人躲之不及
十三岁的小芹
却跑到室外
用手搭起凉棚
往天上望
快回来
我大声地喊
我要看看风雨后的阳光
她用大人的口吻
回答我

想想都是件高兴的事

想想都是件高兴的事
遇见你或遇见
传说中那令人毛骨悚然的水怪
都是件想想也高兴的事
问题就看如何去表达
表达不了的人
就放在心里变得很忧郁
能表达出来的人
就写出来变成了诗人
然后变得比忧郁的人更忧郁
到处寻找一截
可以供人睡觉的铁轨

树　　下

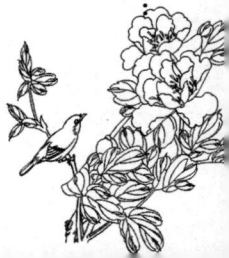

树下
两个年轻的人
在接年轻的吻
一个踮起脚尖
踮起脚尖的那个人
一会儿
像是女孩
一转眼
又像是男孩

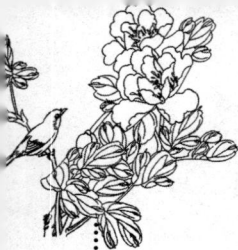

那一天

早晨
我遇到了她
看了一眼
傍晚
我又遇到了她
多看了一眼
我只是想看看
早晨与傍晚
她有什么不一样
可能她对我
也会一样

有争议的事

太阳还没完全落下
影子就挣脱了我
你跑吧
我会尾随着你
看你今晚
约会的那个人
是谁

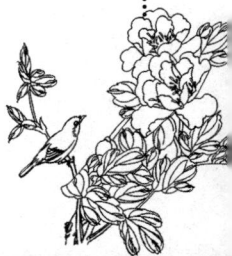

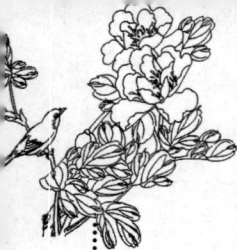

报　复

你把镜子打碎
镜子把你打得更碎
碎得都能看见自己
折断了的肋骨

种 苹 果

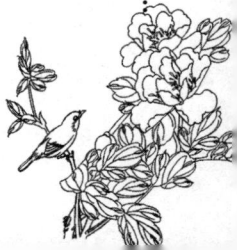

苹果树上
有一个孩子
苹果树下
有一个稍年小的孩子
孩子的旁边
放着一个装着几只苹果的
篮子
我放慢步子
想看看
孩子们是如何
把苹果
种上树枝

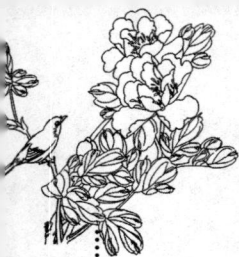

左 右

明明是我走在
你的左边
你走在我的右边
可对面微笑着
向我俩走来的王小三说
我在你的右边
你才是在我的左边

空 嫉 妒

你说这夜色很美
我点点头
你说这夜色中的湖很美
我点点头
你说你怎么啦
我说没什么

其实我是在想
如果你一脚把我踹到湖里
我也会很美

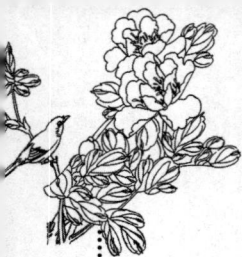

某日过马路

有一天
我正在过马路
只听得“咯嘣”一声
一只蜗牛被路过的车压死
我在想
如果此时
被压死的人是我
肯定又要堵车了

梦草原

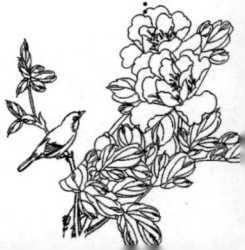

我说
昨晚我去了草原了
那里的马高大英俊
那里的羊肉美味可口
我好像还从牙缝里
剔出了块肉来
你说
难怪难怪
难怪我昨晚
听到马的嘶鸣
闻到羊肉的膻味

第十一辑

这个冬天的一切
都交出去给雪解释
如果你还有疑问
就请你和我一起
耐心地等

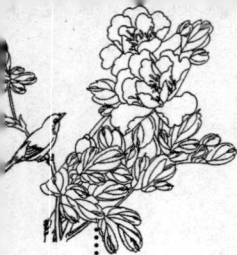

蜕　变

你把画下来的自己
精心地打扮一番
然后
把自己碾碎
于是
你就成了黑暗中
唯一长出黑色翅膀的
最耀眼的
那一颗星了

走在深夜雨后的大街上

走在深夜
雨后的大街上
衣服是自由的
孤独是自由的
但最逍遥的
是穿着衣服的影子

它跟着我
轻松地跳过
一处积水的低洼
但也同样轻松地
掉进另一处
低洼的积水里

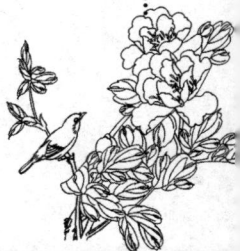

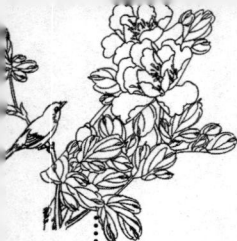

不同纬度生活的人

在不同的纬度
我在等待太阳
你在等待着月亮
再找一个合适的时间
我拨通你的电话
我说喂
你说 darling①

① darling：亲爱的。

早上起来的第一件事

早上起来的第一件事
就是照着镜子
找到并拔去几根灰白的头发
然后想怎样才能使自己
更加年轻一些
但如果一出门
就会遇到昨晚对视过的
那个年轻漂亮的女孩子
她能再看我一眼的话
我还会感觉更年轻些

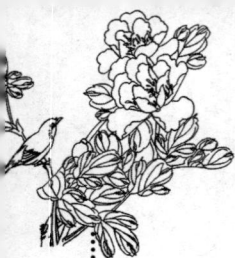

我想对黑夜说

我想对黑夜说
请尊重我的眼睛
你的骨头一定很白

风往一个方向吹

再温柔的风
到了拐角处
总会把你抛弃
接着
扑向另一个女孩的
裙子

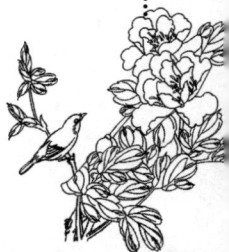

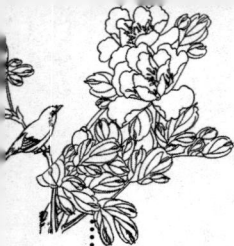

不同的时间段

今年成熟的麦子
比去年更黄了
好比我
在阳光下的颜色
现在
我和月亮坐在一起
月亮如船
我如水

失　　眠

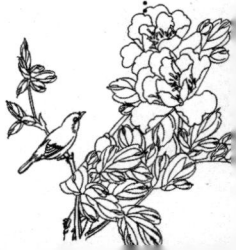

半夜
你还睡不着
干脆光着身子
坐在床沿
抱着双膝望着
大理石上的月光
感慨地说床前明月光啊
又感慨地说
疑是地上霜啊
一会儿
你仰头倒下
紧接着
鼾声如雷

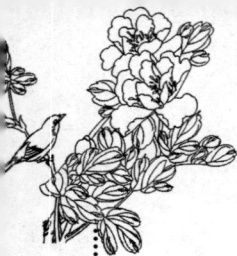

平　衡

毫无疑问
我是一个可有可无的人
可我担心
一旦离开
这个地球会不会
失去平衡

只要一想起爱

只要一想起爱
我就想起你
不管你是否愿意
不管你在哪里
我只管好自己
才懒得管你

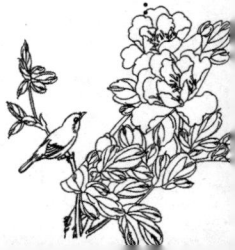

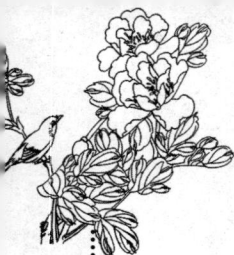

远道而来的星星

院子、石头、草丛
落满远道而来的星星

许多许多的星星
都落满了尘

我拣起来
一把又一把

然后，放进河里
怎么瞬间就长了皱纹

迎　接

可以不去远方
也可以不再写诗
但我一定要有阳光
和阳光下的麦子

在阳光还在半空时
一首诗比我的眼睛
先一步到达院子

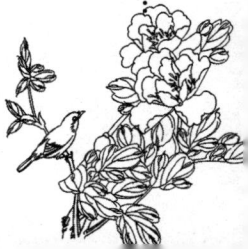

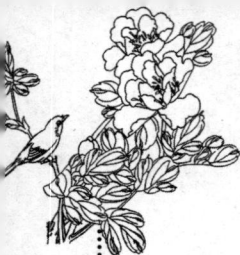

我们就住在镜子里

吃完这最后的晚餐吧
亲爱的，让我先为你泡杯咖啡
我们就住在镜子里
镜子里有今天刚采来的鲜花
也有山间新鲜的空气
即使让所有的灯光熄灭
我摸着黑也能看见你
我会为你扶住不安的椅子
不会让你跌倒在镜子外
亲爱的，有我在
真的不会

思念是陷阱

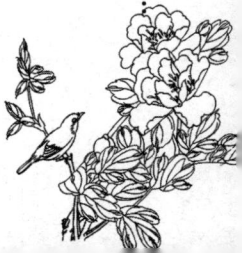

风握住你的土地
森林信心消磨殆尽
小心
这条路布满陷阱
让我抱着你
坐在豁口的酒杯中
你嘴角沁出的一滴鲜血
已让太阳失了色
而现在还需用被血染红的酒
把陷阱填平

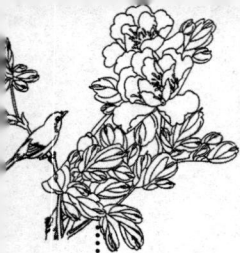

梦

每晚
我总是把灯的光
先哄睡
然后再去与你见面
因为我知道
你怕光

我在海的中心

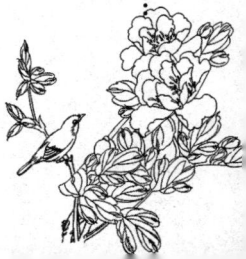

我在海的中心
四周都是海
在今晚一百级台风来临前
你派来一百艘帆船
就是为了让海
更加雄壮
更加伟大

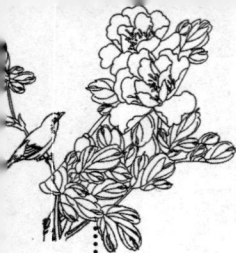

有些零乱

我在山间一块裸露的
青板石上坐着
山泉也坐着
还有青笞的绿色
太阳垂下眼睑
落下毫无同情心的光
树叶在我的头顶
盖下深深的印章
向水深处倾斜
有些零乱

而月亮
正拨开山顶白色的雾
在偷看

水如风掠过
奔向远方的远方

为谁醉卧草原

我可以换一种姿势
站在你面前
我可不可以
在你面前
换一种活法

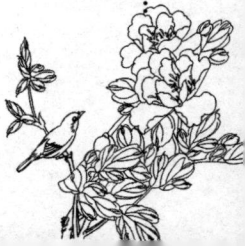

那朵长得
有些忧郁的百合
一定是虚幻
或者是一种假设
我记得
母亲浑浊的眼睛
是我亲手将它埋下的

我与任何人相遇
是不是仿佛镜中与花
水中与月
而我至今竟然还不知道
曾经的醉
为何会有草原

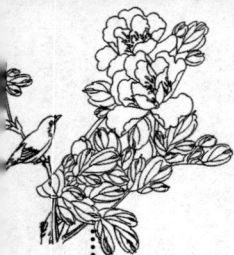

曾　经

曾经
曾经的曾经
曾经曾经的曾经
你和我
难道只是为一次淋漓的怀念
如一杯薄酒
无人举起
静静地漂浮
在暗涌频发的水面

离　殇

我并不善饮
可又站在酒缸的边沿
以一个英雄的身份
向草原的中心进发

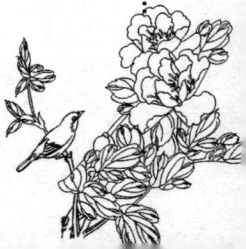

悠扬的马头琴啊
为何有了忧伤
是因为月亮如奔袭而来的马
准备接我回家吗
而太阳始终冷如死灰
那些不相信太阳的人
只相信眼泪才是滚烫的

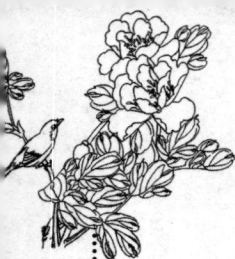

太阳面前

不好不坏的情绪
丈量着夜空的高度
偶尔的温柔
惊起飞蛾
寻找火

你是在太阳的背后
私闯我的禁地
找到了我

我知道
太阳面前
眼睛不会被泪水
饶过

可载着你的委屈的列车
肯定也很委屈
雨落了下来
也要抱紧一团火

这里我们不谈及你

我想好了
就随着你的后面
我还要给你看过的
许多事物
重新取个适合身份的名字
有时走到你前面去的
是太阳和我的影子
有时落在你后面的
是我和太阳的影子

这里我们不谈及你
因为你的美
一开口就会觉得
有些奢侈

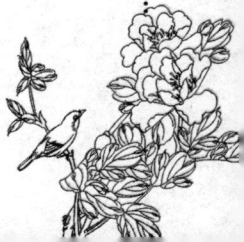

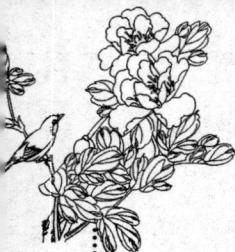

绿

春天呀，总是
在眼睛看不见
手也够不到的角落
一点一点地绿的
仿佛久藏在心里的故乡
已经长大出霉菌了
也一点一点地绿了
虽然眼睛与手够不到
但我知道
是一点点地绿着

冬天的风

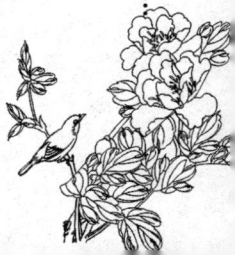

冬天的风
都很是鲁莽
毫不顾及人的面子
连天空也被刮得
如我要见她的那个早晨
把拉碴的胡子刮得干干净净
它可是个彻底的无神论者
横冲直撞就闯进山中的古刹
古刹庭阶站着衣裳单薄的僧人
双手紧握落叶般的经卷
抬头望望快下起雪的天空
灌满风的僧衣如浪般卷起
仿佛要将僧人抛向庙外
此时
一片经卷般的落叶
乘机钻进他的袖笼
风停了
雪纷纷扬扬地
落了下来

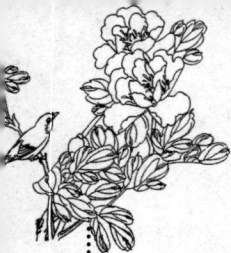

天亮之前

我的脚底一歪
就跌倒在夜里
夜很黑
我却能看见
一个从雪地里回来的人
沿着河岸
失重似的
从一枯草尖
飘过另一枯草尖
他是把自己当成了一片雪了
天亮之前
他拣起一片银色的钥匙
丢失了一只鞋
我丢失了一匹马
拣起一片折了翅膀的雪

离去的脚步

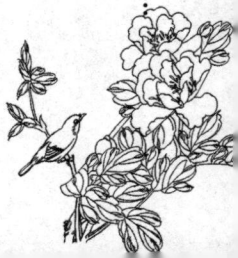

其实
我离去的脚步
很慢很慢
只是在你的门口
拐了一个弯
你也就
你也就欠我一个
欠我一个
轻轻的
轻轻的呼唤

错 过

远山扯住落日
岸扯着我
我拖着没有开花的浪
这是落日与我
我与你的约会
其实我与岸并不是很熟
更没交情可言
它不知道我在想什么
我也不知道它会怎么想
只不过现在
我手里握着白天与黑晚
想弄清楚
海水为何要开花的真相
可你错过了我
奔着落日而去
你是误以为
静静地坐在岸边的我
就是岸

早上的太阳

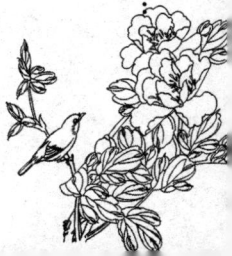

一根手指
戳破了这个早晨
看
太阳缓缓地爬起来
有些青葱的羞涩
怎么和昨晚梦见的
越看越不像

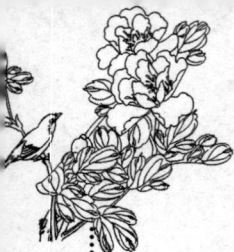

舍不得丢弃的

舍不得丢弃的那部分
总是很零乱细微
比如山坡上
辉煌过也落寞过的一枝
比如大海里
渔网也捞不起的破碎的海水
比如在人来人往的路上
酒杯漏下的一缕风
拂过一个你
拂过你的许多次
在一场不知是悲是喜的宴会后
匆匆上路
又去赴另一场
只有我和你的聚会
为了兑现过时的承诺
白天，总不肯醒来
夜晚，又不肯睡去
当高朋满座
天空一片混乱狼藉
有人高声喊出我的名字
我必定已经缺席

这个冬天

这个冬天
雪是最明白的
一定要等到它来
所以
我坐在寒风中的家门口
与站在老桃树枝头的麻雀
一起打着寒战
一起相互讥笑
我有必要喝上两口
即使是别人嘴角流下的浊酒
我是担心啊
担心犹豫的雪
冻坏了翅膀
我是担心啊
担心忧郁的雪
也会有了忧愁

这个冬天的一切
都交出去给雪解释
如果你还有疑问
就请和我一起
耐心地等

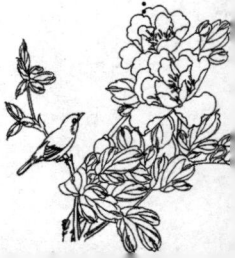

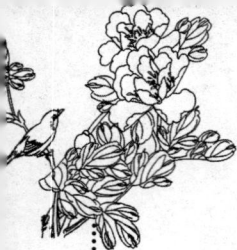

十面埋伏

这夜黑色的液体
是从脚底往我身上爬的
要么就是从头顶灌的
反正它的心事昭然若揭
它就是要让我一无所有
要慢慢地把我一整条吞噬
没有商量的余地
所以我必须埋伏下来
可所有的洞穴
都已被与我有同样遭遇的人
侵占
等我挖好了洞穴
天已经大亮